RUYI'S ROYAL
LOVE IN THE
PALACE

番外

一个虚构的故事,无数真实的人生。

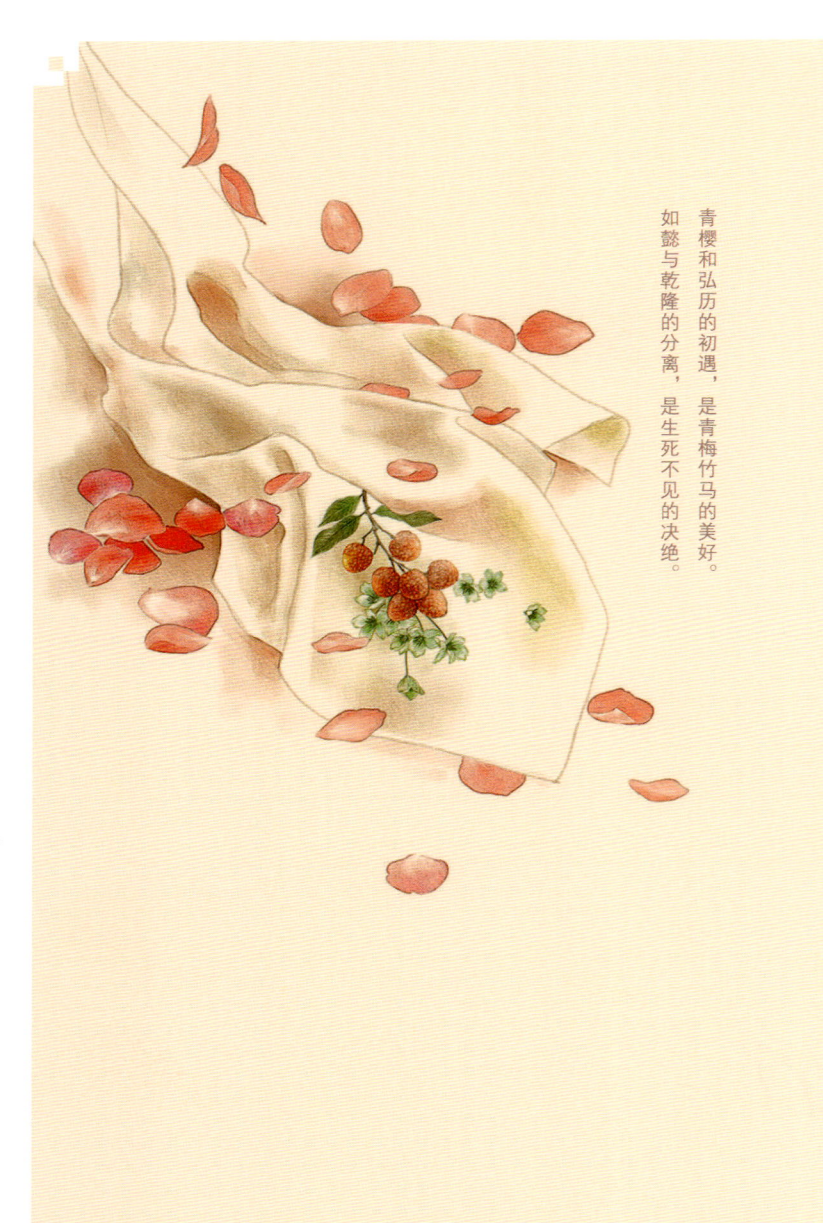

青樱和弘历的初遇,是青梅竹马的美好。
如懿与乾隆的分离,是生死不见的决绝。

后宫·如懿传·番外

RUYI'S ROYAL
LOVE IN THE
PALACE

流潋紫 著

人民文学出版社

目录

番外

谁记年少青衫薄　001

凌霄　027

许愿　035

杭州　043

金莲叶艳镜光开　051

人在蓬莱第几宫　061

万寿长夜岁岁凉　069

附录 · 人物小传

乌拉那拉 · 如懿　079

爱新觉罗 · 弘历　083

珂里叶特 · 海兰　087

富察 · 琅嬅　091

寒香见　095

金玉妍　099

魏嬿婉　103

高晞月　107

太后　111

苏绿筠　115

Ruyi's Royal Love In The Palace

番外·谁记年少青衫薄

墙头马上

紫禁城里很少种樱花，不像南边，到了春日里，樱花如粉霞艳锦铺满了整个天地。那是一种容易凋零的花朵，繁盛一时，芳菲万千，一场春雨，便能让它一夜之间零落委地。春日的御花园里多的是芍药、牡丹、棠棣、锦李、月季、绯桃，还有一品素白的太平花，一捧一捧雪似的，美得叫人心颤。倒是有一株樱花，开在御花园的墙角，迅疾地开，迅疾地凋零，美也是稍纵即逝的。

青樱是在樱花开前在皇三子弘时选福晋的典仪上落选的。

再硬着头皮去选皇四子弘历的福晋，是皇后姑母一力决定的。青樱并没有什么反驳的余地，哪怕她很大声地对着姑母说"我不要！"姑母只是轻描淡写地问："要与不要是你说了算的么？"

好像，她说了是不算。

乌拉那拉家的女儿，和任何一个满洲大姓家的女儿并无两样。削尖了脑袋进宫，为妃嫔，为福晋，再不济为个闲散皇室的妾侍格格，再拼命生子，延续家族的荣耀。真的，每一个适龄的女孩子，只要有机会，都会成为家族的棋子。就譬如男子在前朝争功，女子在后宫夺荣，并无二致。

姑母的急切是有原因的。乌拉那拉氏到了这一代，并无前朝的重臣。

而后宫的女人，虽然在孝敬皇后死后，又有姑母继任为皇后，可是人到中年的皇帝对这位皇后的冷落人尽皆知，有时候，甚至连最基本的体面都不给了。帝后夫妇，早已无恩情可言。而乌拉那拉的少女们，长成的唯有青樱一个，难怪姑母会心急火燎地要她为皇子福晋。

　　青樱的意愿如何，已经是不要紧了，在姑母眼里，她被自己的养子三阿哥拒婚是颜面扫地，可眼看着三阿哥失势，那么四阿哥也是好的。何况皇帝前些日子亲口褒奖了四阿哥恪慎温恭的，那是对他十分看重了。所以哪怕四阿哥的养母熹贵妃是自己的宿敌，她都能忍得。因为一切的一切，都没有乌拉那拉氏的荣耀重要。

　　青樱是有数的，四阿哥弘历少年后从圆明园挪进宫成为熹贵妃养子，熹贵妃有两女，却无亲生子，一直对这个养子颇为疼爱倚仗，选福晋也格外郑重。备选的富察琅嬅，她的阿玛察哈尔总管李荣保，她的伯父更不得了，是太子太保、大学士马齐，家里一门子高官显贵。富察氏又是满洲八大姓之一，皇帝素来倚重的。另一个备选的女子高晞月也出身新贵之家，她的阿玛高斌刚从苏州织造升了两淮盐运使，那是个肥缺，可见高斌正得皇帝重用。熹贵妃为弘历以这样的女子为福晋之选，可见有心要借前朝助力将这养子托入青云。

　　所以，姑母硬要借着自己仅剩的一点皇后的余威，将青樱送去选弘历的福晋，既打乱了熹贵妃的如意算盘，又能为自己的家族争得四阿哥这个依凭。

　　青樱被乌拉那拉皇后硬按着梳妆打扮了一番。上回选三阿哥福晋的衣衫首饰统统被换掉，因为太不吉利了。这回的打扮完全是和上回反着来的，上回着明红，这回便是松绿；上回用贵重的金饰，这回便是俏丽的绢花。淡扫胭脂，轻点绛唇，将扮作一朵盈盈的春叶，托出一张如樱花般清丽的面庞。

青樱很不耐烦，可她犟不过姑母的期望。是的，那种满眼的沉重的殷切的期望里夹杂着一丝哀弱的乞求，她根本不能拒绝。

去便去吧。

本来就是一个意外的人选，她到漱芳斋也迟了。本是选福晋，但熹贵妃贴心，希望四阿哥先与各家的格格们见一见，也算不是盲选哑中了，这般，便有了四阿哥和格格们先到漱芳斋听戏这一出。青樱被姑母送了出来，先去南府走了一圈，到了漱芳斋时，已见富察琅嬅和高晞月都在了。按着位次，最中间是留给四阿哥弘历的，富察琅嬅的位子与弘历的空位并列，高晞月的略靠后一些。这分明是已有了安排，嫡福晋之选是富察琅嬅，高晞月多半是侧福晋。

这也是，且不说高晞月家是新贵得宠，不及富察琅嬅是勋旧之家。青樱多少也听说过，熹贵妃亲生的端淑公主远嫁准噶尔，便是高晞月的阿玛高斌的主张。这么看，高晞月能来选福晋，已是熹贵妃胸襟格外宽大了。这个晞月自己也是知道的，所以对着琅嬅尤其谦卑讨好。

青樱入内时，陪坐的福晋命妇们有了一阵小小的骚动。青樱是第一回如此直接地感受到姑母的失势，因为那些长舌妇们居然敢当着青樱的面就议论起来，那些话语，无非是说，她落选了三阿哥的福晋还敢来四阿哥的地儿。这些奚落，青樱隐隐约约听了不少，可这样当面议论，无非是连姑母的面子她们都不顾了。

那么，奚落就奚落吧。

为她解了为难的，是四阿哥。他的到来，令所有人立时噤声。他见了青樱是很客气的，到底常在宫中，四阿哥与她也算见过。哪怕往日并没有这么近距离的说话，但温文尔雅的四阿哥，还是立时察觉了她的窘境，立刻命小太监在自己的空位旁添了一把椅子。晞月又被挪后了一个位次，她忍不住地噘嘴，很快被自家的侍女拉住，只得勉强笑着。

青樱自顾自地坐下，反正自小出入宫禁，她随意惯了。她知道的，只要将背后揣测和鄙夷的目光置之不理，其余的，并没什么可怕的。

于是落座，弘历居中，青樱与琅嬅一左一右，晞月则居青樱之左。比之上回弘时选福晋的隆重，这回来参选的格格并不多，也就她们三人。青樱悄悄打量，富察家的琅嬅格格是一张清水面孔，脂粉浅淡，乌油油一头青丝简单挽就，一丝乱发也没有，最简单的小两把头，只以白玉朵儿花点缀，并一对浅粉绢花，举止温和有度，一看便是闺秀气韵，恪守礼仪。晞月的身量看着高大些，神情却颇稚嫩娇气，粉白饱满的额头上还有细细碎碎的头发蓬着；她梳着一个简单的圆髻，发饰点缀虽小，但都是赤金花草虫儿，红宝蓝宝的花蕊，星星点点的有着夺目的璀璨，当然，更夺目的是一朵巴掌大的艳红绒花，跟她巴掌似的脸儿一般大，一红一粉，倒是让人想不多看一眼也难。

戏台上粉墨开锣，唱的是昆山调的《墙头马上》。宫里向来喜欢悲欢离合曲折热闹的戏文，又有个大团圆的结局。

戏子们唱得很动情：只一个卓王孙气量卷江湖，卓文君美貌无如。他一时窃听求凰曲，异日同乘驷马车，也是他前生福。怎将我墙头马上……

青樱在漱芳斋听戏多了，那戏文早就熟稔于心，便有些顾盼，心不在焉似的。晞月见青樱不似琅嬅这般正襟危坐，便有些看不惯，讥道："青樱格格常来宫中，熟不拘礼，不像我们战战兢兢。"

青樱见晞月这般先声夺人的妆扮，早就满腹好笑："听戏而已，需要这么郑重其事么？"

晣月远远地瞟着弘历，面上微微一红："谁不知道今儿明着是听戏，其实是给四阿哥选福晋。"

　　青樱忍不住笑了："难怪你这么在意，原来是看上福晋之位了。"

　　晣月有点拉不下面子，也知道她虽是皇后的侄女，但到底也只是个失宠皇后的侄女，便嘟囔着道："知道您去选过三阿哥的福晋了，可惜选上了三阿哥也没要您。这不您也上赶着来这儿了么？"

　　青樱浑不在意地撇嘴："非要叫我去选福晋，我没有选择的权利，但我总有不被选上的权利吧。"

　　正好戏子们这一句声音低回下去，青樱和晣月的耳语声便有些大，琅嬅面上有些过不去，她迅速地看了弘历一眼，立刻又是眼观鼻鼻观心的模样。听什么戏是不要紧的，要紧的是自己才是台上真正的主角，这个，琅嬅是最清楚不过的。

　　晣月眼见弘历看过来，也实在有些局促，深以为是上了青樱的当。青樱只是不在乎地笑笑，眼睛只盯在台上。

　　此时弘历身边的大太监王钦笑道："这出《墙头马上》，四阿哥最喜欢的就是结局大团圆这一场。"

　　晣月一凛，旋即不理青樱，专注看着戏，只怕弘历问起，也能说出个一二门道，博得弘历喜欢。青樱是知道这戏的，讲的是尚书之子裴少俊与总管之女李千金一见钟情，私订终身。李千金育有一双儿女，却被裴少俊之父所不容，被弃归家。说是《墙头马上》，最早的出处是白居易的《井底引银瓶》，这样悲伤决绝的结局，到了戏文里，却要安上一个团圆锦簇的结局，让裴少俊考取功名，重新求娶李千金，夫妻终于团圆。

　　青樱想，何必呢？一段情事了了便了了，非要强扭出个欢喜团圆，人心既死，哪里有那么容易转圜呀。

大约是觉得这样静默听戏太尴尬了，弘历拈了颗酸甜梅子吃了，温言道："三位格格觉得这戏如何？"

琅嬅微微颔首，那颔首的幅度也略同于无："甚好。若换个讲忠孝礼义的更佳。"晞月忙不迭凑上去道："花好月圆人团聚，挺感人的。"青樱抓着一把瓜子在手里，果子青的绣鞋上浅一色的流苏丝丝地晃悠，她欢快地嗑着瓜子，雪白的牙齿利索地嗑出甜脆的瓜子肉，她笑着说："好戏在后头呢。"

她的话才说完，只听得台上曲调陡然一变，旦角已然甩开了小生的手，决然唱道：朱弦断，明镜缺，朝露晞，芳时歇，白头吟，伤离别，努力加餐勿念妾，锦水汤汤，与君长诀！

众人登时愕然，都不知该如何反应。这唱熟了的戏文，已然都到了结尾这一出夫妻团圆了，怎会成了卓文君不要司马相如的《白头吟》。

晞月第一个开口："咦，串戏了？南府戏班不会演戏啊。"

琅嬅是不肯多言一句的，只是默不作声看向弘历。青樱低着头，手里握着瓜子，露出得逞的笑容。弘历大为不悦，手中的茶盏一放，声响有些大了，后头的福晋们都不敢作声。还是王钦喊停了戏，急急唤来了南府管事儿的。

那南府管事儿的忙不迭上前行了礼。弘历压着怒气道："戏错了。"

王钦一脸丧气："好好的《墙头马上》夫妻团圆，怎么成了卓文君恨司马相如薄情要分离了？这可是四阿哥最喜欢的戏，你们也敢乱改？"

南府管事一脸惊讶，看了看青樱，又看了看弘历："这戏是四阿哥吩咐要改的呀。"

弘历正要呵斥，见他看向青樱，陡然明白过来。青樱已经站起身来，挡在管事的跟前，欠身道："四阿哥，这是臣女改的。臣女不喜欢这出戏的结尾，又怕南府的人不肯改，所以假借了四阿哥的名义。南府总管不知青樱撒谎，无知者无罪。四阿哥若要责怪，怪青樱便是。"

这一来，哪怕弘历不喜，后头的命妇们也哄一声议论起来，像是滚热的浪涌来涌去。弘历到底年纪轻，面子上有些挂不住。琅嬅纵然宽和沉静，也不由皱了皱眉头。

晞月冷笑道："你假传四阿哥的意思，还这么理直气壮的，果然是皇后娘娘的侄女儿。"

福晋里有年长的先不乐意了，连连摇头："这也太无礼了。难怪三阿哥要拒婚，这么个自作主张的脾气谁受得了。"

青樱欠身行了个礼："臣女本来就来得鲁莽，在这儿是扰了您听戏的雅兴了。臣女先告退了。"她起身便走，弘历有些惊愕地看着青樱的背影。

老福晋更是不喜："原本就被拒过婚，皇后娘娘塞过来顶多就当个侧福晋。这下好了，只怕连阿哥身边最末等的格格也没戏了。"

晞月捂着嘴偷偷地笑了笑，王钦比个手势，南府总管赶紧爬起来，一头冷汗地把戏续上。锣鼓丝竹又响了起来，弘历站起身："天儿闷，我先去更衣。"

青樱脚步轻快地走着，衣裙翩翩地飞起来，像一只粉蝶儿。跟着的侍女阿箬脸都白了，如丧考妣，不停地嘟囔着："格格，您这是怎么了？好好儿的您改戏，要是被皇后娘娘知道了可怎么好？"

青樱一点儿也不在乎："顶多挨姑母一顿责骂。那结尾我听得气闷，今儿终于改了，痛快极了。"

阿箬都快要哭了："您是痛快了，可等下绛雪轩选福晋就又是白去了。"

白去又如何？选不上又如何？青樱想，姑母这是拿自己当赌注呢，三阿哥不成就换四阿哥。可如果要靠婚事延续家族荣耀，那乌拉那拉氏的女子岂不是代代都不得自由？而且今日这般多好，便是选不上福晋，那也是她做了自己想做的事，自己愿意选不上的。

她才走几步，却听得身后有人唤"青樱妹妹"。从来无人这般唤她的，人人都称她"青樱格格"。她有些好奇地转头，追出来的却是弘历。青樱以为他是来兴师问罪的，不觉握了握拳头，摆出一副小刺猬的模样。弘历有些局促，很快笑道："我追出来是安慰妹妹。晞月格格出言鲁莽，怕刺痛妹妹心头伤。"

他的笑是很好看的，跟春日的阳光一样，带着风和花的香味。青樱一愣，不自觉地软下了声音："什么心头伤？四阿哥是说臣女被三阿哥拒婚的事？"

弘历犹豫地点点头，好看的眉尾有点垂下来，不高兴似的："人云亦云，恐怕有损妹妹清誉。"

青樱笑了笑，雪白的牙齿露出了一排，一点都没有淑女笑不露齿的样子。弘历有些诧异："你不在乎？"

青樱点点头："许多事不是臣女自己可以选择的，譬如婚事，譬如出身。但至少臣女可以选择就算在这些事中被人轻视嘲讽，也可以坦然面对，不入心，不在意。"

弘历神色一黯，似乎是有些被打动。他喃喃："出身……"但他并没有说下去，只是浅浅地笑，《墙头马上》这场是我亲挑的，妹妹为什么不喜欢这个结局，非要改了？妾弄青梅凭短墙，君骑白马傍垂杨。才子佳人一见倾心，不好么？"

那当然是很好很好的,可是……

青樱不假思索道:"墙头马上遥相顾,一见知君即断肠。这戏波澜迭起,哪儿都极好,谁知到了后面竟是这般强扭的团圆,硬做的欢喜,臣女实在不喜欢。"

弘历并没有不满,只是缓步与她并肩走着,慢声细语道:"破镜重圆,夫妻和好不好么?"

"李千金被裴父羞辱,裴少俊护不得爱妻,眼见她离去也不敢阻拦,全忘了昔日钟情,这等唯唯诺诺薄情寡义之徒,为何还要与他重做夫妻?"

她的声音很好听,清脆的,入耳却是酥酥的,融着自己的心。哪怕意见不合,他也很愿意和她说话,引她多说几句。

"花好月圆人长久,古来求之。难道裴少俊愿意回头,李千金还不原谅?"

青樱甩着手里的绢子:"男子有错,女子就非得原谅?那岂不纵容男子犯错,左右不管错到何处,都会逼着女人原谅。"

弘历叹息:"女子应当温柔侍上,顺从夫君。忍一忍便是欢好团聚。"

他们慢慢走着,从长街拐进了御花园。脚下由青石板落成了芳草地,每一步都是融融的春意,肆意茂盛地滋长。青樱很坚决地道:"要辛苦忍耐,便不算好姻缘。已恩断义绝,就宁死不肯回头,这才是我心目中的李千金。"

"若不回头,难道孤苦终老?谁都有情非得已的时候,李千金该体谅裴少俊的难处。"

阿箬听得汗都要下来了。这个格格,就没一句肯退让些的。她伸手扯扯青樱的衣袖,青樱一把拉过自己的袖子,继续道:"世人谁没有难处。

女子得体谅男子的不得已，男子就不能体谅女子被弃的痛苦？"

真是个有气性的女子。弘历想。可是话到了嘴边，他却笑吟吟的，似是对小妹妹一般的口吻："青樱妹妹说得也太倔强了。"

青樱点点头，表示认可他说自己的倔强，越发道："宁可孤苦终老，何必与薄情人强行白头？他日无事还好，一旦有波折，李千金还是要被抛弃。江山易改本性难移，说的就是这个道理。"

弘历倒是很惋惜似的以表不赞同："女子以柔顺事上，不肯委曲求全，苦的是自己。"

在一旁的阿箬已经彻底绝望了，这个格格，半点都不肯讨好人么。她回头看见跟着的王钦，王钦也在连连吐舌头，表示没见过这个阵势。阿箬无奈地抠着手指，几乎是绝望了一般听着青樱又道："要委屈才能求一个假装圆满，那不要也罢。"

弘历错愕："毕竟是墙头马上一见钟情，难道都可以忘记了？"

青樱的足尖踩过满地落花，一步一捧盈盈。她看着弘历的眼睛问："既然没有忘记，裴少俊为何不肯护李千金，难道他不看重这份初见动心之情？"

弘历张口结舌，忽然没有了辩论下去的勇气。他柔声道："妹妹牙尖嘴利，我说不过你。"

青樱得意一笑，弘历走近一步，那声音沙沙的，如春日里落下的绵绵的雨："妹妹能说那么多，定是喜欢这出《墙头马上》，不如我们回去，重新听过。"

青樱有些踌躇，这般出来再回去，很是没有面子。可是弘历的眼神那样殷切，叫她很难拒绝。弘历又道："我先回去，换了好茶等妹妹过来。"

他用了一个"等"字，好像她不来，他就会一直等下去似的。她心里一软，不自觉地便点下头去。

弘历见她点头，悬着的一颗心立时轻飘飘了起来。他心底发甜，好像小时候第一回偷喝了一口酒，嘴里甜甜的，人像踩在棉花里，醺醺然地快活。他走了几步，回首见青樱一身青衫站在漫天粉色樱花之下，整个人像镶着樱色的边，是那样地华彩明亮。

他有些痴痴的："你站在樱花底下很好看，你的名字又叫青樱。"

话一出口，他自己也觉得傻气。真的，自小的教养礼数，他又是隐忍谨慎的脾气，怎么会说出这样傻里傻气的话。青樱眼睛笑得弯弯的，全是盛不住的甜意。阿箬看得眼睛都瞪起来了，不觉"咕"地一笑。

青樱才觉着自己有些失态，她掩饰着转身，伸出纤白的手接住几朵飘零的粉红樱花，道："这花开得盛极一时，凋谢得也过于迅速，总觉得美得太过惊心动魄。"

弘历看着她的背影，少女的背影都是纤瘦的，偏她最是好看。红颜盛，繁花茂，还有什么比这春华一刻更好。他由衷地感叹着："能得一时之美也是极好的。"

青樱在欢喜里生出些许忧愁："绚烂却太过短暂，才最叫人难过。"

弘历不忍见她有轻愁薄怨，似是安慰她一般："那就尽量美得久一点，留得久一点，哪怕有一日凋零委地，也会永久难忘。"他沉吟片刻，郑重其事地叮咛，"青樱妹妹，我在漱芳斋等你。"

青樱立在原地，樱花如雨般落下，每一片落地，都是震动的声响。她的心尖儿颤了又颤，把那短短一句话在唇齿间嚼了又嚼，才信了是真的。是他的声音，他的言语，他的无限期许。她的脸腾地烧起来，心里的野火啊，照亮了整片原野。

熹贵妃到漱芳斋时，青樱和弘历都已回了座位。戏台上还在咿咿呀呀地唱，曲还是那首曲，人的心思却不一样了。他与她挨着坐着，偶然地，衣袖会摩擦到，丝缎沙沙的声响，都是柔得能化作春风的细雨。

戏子们悲悲切切地唱着"坏了咱墙头上传情简帖，拆开咱柳阴中莺燕蜂蝶"。青樱不曾入戏，只是怜悯，呀，裴少俊与李千金是多么可怜，不似自己，能与喜爱的人坐在一块儿。她是觉着弘历在瞧她的，递瓜子的时候，拈姜丝梅的时候，甚至端起茶盏抿一口的时候，眼风都在她身上。直到熹贵妃，那个风华出众、占尽紫禁城六宫恩宠的女子进来，他才迎了上去。

熹贵妃见了众人，只是微微颔首，在弘历耳边低低一句："弘时结党营私，你皇阿玛知道了大怒，弘时怕是不成了。"

熹贵妃的声音虽低，却并不避讳近在旁边的青樱、晞月与琅嬅。弘历面色一凛，转首见琅嬅面色淡然，仿若无事一般，也是赞叹她的定力，然而转念一想，他却明白了。弘时结党，皇阿玛怎会知道，必是有人上奏，这上奏之人多半是琅嬅身后的富察氏一族。他登时知道了，琅嬅为何会出现在漱芳斋。若是高晞月的到来，是熹贵妃表明自己的大度，那么琅嬅的母族，怕是已与熹贵妃彼此倚靠了。那么自己的婚事……他紧张地看了青樱一眼，见青樱微微蹙眉，想是为姑母的养子发愁。

他脑中正盘旋着各种念头，晞月早就喜形于色，脱口说道："恭喜……"

熹贵妃看向晞月的眼神已然含了一丝厉色。弘历几乎是绝望地想，这位格格的心思也太藏不住了。

自然，谁都是知道的，皇三子弘时不保，皇五子弘昼是顽劣不堪的脾性，那么皇帝成年的皇子只剩了四子弘历一个。那意味着什么，谁都是清楚的。

他连不满之色也不愿掩藏："兄长被责，我这个做弟弟的有什么可喜的？"

晞月立时也察觉自己说错了话，慌忙解释道："臣女失言，臣女是说宫里……宫里出了这样的事，真是闻者伤心。"

弘历懒得理会晞月，只和熹贵妃道："儿子去劝劝皇阿玛。"

熹贵妃温声温气道："皇上在气头上，正和皇后说弘时的事呢，没你的事儿。"熹贵妃说到"皇后"二字，客客气气地朝着青樱笑了笑，丝毫没有一点儿意外之色，只是问弘历，"戏听得如何？"

晞月正悔方才说错了话，忙抢着抹泪道："四阿哥选的是《墙头马上》，曲韵婉转。臣女看到结局二人破镜重圆，真是感人。四阿哥用心良苦，只盼天下人人和睦，人人团圆。臣女钦佩不已。倒是青樱格格不喜欢，还硬改了结局。"

熹贵妃柔和的面色微微一凝，倒是好奇："哦？青樱格格改了什么？"

青樱见熹贵妃发问，也无愧色，只是守着规矩答："臣女不喜欢强作美满的结局，所以方才冒四阿哥之名，改成了卓文君的《白头吟》。"

熹贵妃深深地看了她一眼，眼中颇有玩味之色，也不置可否，只是走到帘后坐下，继续听戏。晞月露出一丝得色，很快随着众人坐下。

福珈陪在熹贵妃身边，笑吟吟地看着前头小儿女，道："您呀，还是忍不住来看儿媳妇了。只是那位青樱格格可是皇后今日硬塞过来的。"

熹贵妃望着青樱的背影，似是赞许："这孩子喜欢卓文君的《白头吟》，倒是个有气性的。锦水汤汤，与君长绝。本宫年轻时也喜欢。"她话锋一转，已多了几分肃然，"可惜啊，本宫和皇后斗了半辈子，青樱除了皇后这个姑母，家世也没什么可称道的，这个青樱就算和本宫有几分气性相投，本宫也不敢要。"

福珈微笑："三阿哥若倒了，咱们四阿哥的地位就不一样了。一个是老臣之后，一个是新宠之女，您给四阿哥安排的两位格格，对四阿哥是最有助益的，四阿哥一定明白您的恩德。"

熹贵妃低首，望着弘历，露出几分期许的笑容。

接下来的戏便听得有些心不在焉的。许是三阿哥出事的情况来得太突然，每个人都添了几分心事，便是晞月也少了很多话。青樱更是不放心姑母，怕她又因着弘时之事，落个教养不善的罪名被皇帝斥责。

待到曲终，人人都有些累了。女眷们自然要去更衣补妆，绛雪轩那边也来催促，选福晋的吉时将至。

熹贵妃先行，晞月赶忙扶着熹贵妃，满脸笑容地陪着。众人亦跟着纷纷出去。弘历心中牵念，脚步一斜，便往着养心殿方向去。琅嬅眼见不对，紧随一步，低声道："您要去为三阿哥求情？"

琅嬅是大家闺秀，言行有度，这般说话，已是失了闺阁的礼数。她急得面色发红，十分窘迫。她瞧着周遭无人，忍不住提醒："您在意手足之情，可是去也没用。这是历代君王最忌讳的事，您要去说，那就是连您也被牵连进去了。今日皇上要您去绛雪轩所为何事？"

弘历怔了怔，道："选福晋。"

琅嬅正色敛容："君父在上，无所不从，才是一个皇子和臣子最该做的。"

弘历慌乱无定的心跟着她的言语稍稍安稳了一些，像是漂泊的船有了行进的方向。他露出感激之色："琅嬅格格出身大家，见事明白。"

琅嬅浅浅一笑，推开一步："臣女无知，不过是听伯父与阿玛谈过几句皇上的性情喜好而已。"说罢，再不耽搁，行礼离开。

弘历立在原地，细细品味着琅嬅的话。世代官宦家的女儿，说话到底是有见地的。他想，如果没有和青樱那样说过话，琅嬅的确是一个福晋最佳的选择。

可是啊，偏偏早了那么一刻，他与青樱有了这般交心。他有些犯愁，那愁是层层叠叠的，有对父皇动怒的担忧，有对三哥前程的担忧，也有对自己来日的担忧。

直到青樱的声音响在耳畔："四阿哥可要听琅嬅格格劝告？琅嬅格格说的其实是在理的。"

原来她是听见了。弘历有些不安，像是被她窥见了什么不该窥见的事似的。他有些口不择言，要来掩住此刻的尴尬："你也阻止我去为三哥求情，可是因为他曾拒婚于你，你怀恨在心？"

青樱不想他会这样问，呆了呆，很快自如："臣女根本不在乎三阿哥是否拒绝婚事，何来恨意。臣女是觉得皇上最重孝悌之情。膝下唯有您、三阿哥与皇上相处多些，您若能为三阿哥求情，皇上一定更看重您的仁义。"

弘历很有些不好意思。在她面前，他是失了风度的。真是奇怪，这些年，他很少行差踏错，不该说的时候不说，该说的时候也只说好话。今日是怎么了？

他挠了挠没有头发的头皮，挠得重了，头皮都有些疼。他因着疼痛，心思清明了许多："青樱妹妹心慈。到底也是看在三哥是你姑母养子的分上吧。"

青樱有些叹惋："乌拉那拉氏族人亲眷不多，臣女总希望至亲间情分长在。其实您不也一样，宫里那么多人，但血脉至亲只有那么几个，您一定也是看重的。"

弘历心底的最深处蓦然软和了下去。血脉至亲，他的血脉至亲，虽然不能说，不可提，却是一日也不曾忘记的。他郑重地颔首："以德行仁者王。天家皇室也是有慈爱仁心的。青樱妹妹说得很是。我先按皇阿玛说的，了了漱芳斋之事，再为三哥求情也不迟。"

青樱一笑，分花拂柳而去。弘历望着她的背影，便有些痴，还是王钦提醒："您该走了。方才熹贵妃娘娘的提醒，您可记着了？得选个有家世有权势的好福晋。"

弘历笑而不语，家世固然有助益，但更重要的得是个重情义的人。三哥的地位已然颓倒，便是自己真去求情，怕也只能在皇阿玛的冷眼中过一辈子了吧。若为此故，自己真能有个什么前程，凡事也可多做主些。

绛雪轩在御花园东南角，小小一座殿阁，以斑竹纹彩绘，荫绿渐稠，令人如置竹海之中。这样的碧意深沉里，柔亮的是轩前植有的海棠树，那树木已逾百年，枝干壮大，此时满树花开若流锦，比之园中的浅粉樱花，更是热烈深沉，娇红腻胭脂，映着浩浩明媚的蓝天，仿若朝霞轻举。这样美的花，偏偏一点香气也无，毫不招摇炫耀，只是自静自美，连底下几蓬牡丹，都显得艳丽得过于用力，端庄得失了气韵了。

弘历想，大约是世人久不见海棠，才觉得牡丹美。

他的走神，是被熹贵妃轻声唤回的。他二人坐在廊下，琅嬅、晞月与青樱依次立在院中，海棠经风，零落如雨，漫天胭脂花萼挞散流华，拂了三人锦绣一身。

熹贵妃始终有些不放心，关切道："弘历，嫡福晋乃你的正妻，受礼部册封，至为要紧。皇子另有侧福晋，你若有中意的，可一并选了。"她略想一想，"富察氏端庄持重，高氏娇美可人。弘历，放出眼光来选。"

弘历连忙道了"是"，只听司礼太监道："熹贵妃娘娘，四阿哥，选为嫡福晋者赐如意一把，侧福晋赐荷包一个，落选的赐金回府。"

熹贵妃微微颔首，弘历满心跃跃，也不多犹疑，从司礼太监手中接过如意，走到琅嬅面前。福珈已经唇角含笑，赞道："四阿哥懂事。"

熹贵妃正欲点头，弘历已然另一手取过荷包，不容分说地塞在琅嬅手里，对着她一笑，便又闪到了晞月跟前。晞月满脸期待，笑容张到了极致。弘历满面春风，温煦道："晞月格格人如其名，东方未晞，月色映霜。"

晞月激动得都要哭出来了，一双眼珠落在如意上，伸出手就要接过。弘历微一侧身："如此美貌，合该得金赏赐。"

晞月错愕，那泪刷得落了下来。这样其实是很不吉利的，她连谢恩都来不及，还是侍女星旋懂事，拉着她行了礼。

这变故顿生，完全脱离了掌控，熹贵妃不觉变色，唤了声"弘历"，弘历笑容纯挚，假装不知："额娘，儿子按您的吩咐了呀。富察氏端庄持重，可为侧福晋；高氏娇美可人，可另嫁如意郎君。"

熹贵妃气得怔住，然而人前，她还是忍着怒意，冷静下来极力温和地道："好，你有出息了。你打算选谁为嫡福晋？"

弘历一步上前，将如意交在青樱手中："额娘，儿子想好了。如意是青樱妹妹的。"

青樱已然看得怔了，直到那如意冰凉地沉沉落在手里，才惊觉自己已是他福晋之选，还来不及想别的，心中便如蜜甜。

跟着琅嬅的侍女素练急得脸儿煞白，低声道："凭什么？您是熹贵妃安排来的呀。"

琅嬅紧紧攥着荷包，那柔丽的绸缎上是细密的绣花，鸳鸯合婚，日夜相宿，却是那样扎着手心，痛得几乎拿不住。可素日的教养再分明不过地提醒着她，便是泰山崩于眼前，她都是不能失了仪度的。她垂着脸忍耐："四阿哥选了谁就是谁。"

司礼太监欢天喜地地喊起来："恭喜青樱格格为嫡福晋，快谢恩吧。"

青樱在慌乱的欢喜里被人推着行礼，耳畔乱哄哄的，眼前是弘历的笑容。她什么也看不见了，唯有他的笑容是那样甜。她仔细看去，他的眼底是自己一样的笑靥，真好，那是欢喜对着欢喜。

那哄乱开始大声了，众人都在行礼，弘历也行礼。青樱这才懵懵懂懂地转脸去看，竟是皇帝来了。历来皇子选福晋，皇帝都不会亲至，为的就是尊卑上下有度。所以熹贵妃也很错愕，行礼问安了才小心地问："皇上怎么来了？可是关心弘历的喜事？"

皇帝并不似往日所见的那般如深海样难以探寻的神色，他隐然有怒气积聚在眉心，在看见青樱手里的如意时，那怒火显然更灼烈了一些。他是认得青樱的，曾几何时，年幼的青樱还唤过他"姑父"。可是此刻的皇帝眼中并无看待晚辈的慈爱，而是简短又冰冷地道："不成。"

弘历大出意外，他下意识地抿紧了嘴唇不想说话，可话语还是漏了出来："皇阿玛，为何不成？青樱格格是皇额娘的侄女。"

皇帝在听到"皇额娘"三字时，眉心曲折陡深。熹贵妃侍奉皇帝多年，立刻敏锐地察觉了什么，忽然，心中的阴霾便散开了许多。皇帝的突然而至，一定是有缘由的。果然，皇帝道："正因如此才不成。皇后犯错，禁足景仁宫，非死不得出。"

起初青樱还以为自己听错了，分明方才还在和姑母顶嘴，怎么忽然她就成了阶下囚，禁足景仁宫。这般变故陡生，青樱慌得差点连手里的如意都握不住了。她登时跪倒："皇上，皇后娘娘犯了何错，受您如此严惩？"

皇帝并没有和她多言的欲望，只是淡淡道："皇后谋算皇位，朕没要她性命，已是宽容了。"青樱蒙在原地，皇帝是她的姑父，皇后是她的姑母，他们是至亲夫妻，哪怕素日没什么情分，为何会决绝如此？多年相伴，一起生儿育女的人，会走到这样的田地么？

绛雪轩里鸦雀无声，哪怕变故再大，也无人敢驳回皇帝，是苏培盛缓缓道出旨意："皇上有旨，皇三子弘时削宗籍，除玉牒，再非皇室中人。"

看来今日之事，是由皇三子弘时而起，连累了养母皇后。弘历大为不安，忙求道："皇阿玛，三哥就算有错，也不至有如此重责。您看在父子情分上开恩呀。"

皇帝正眼也不看弘历："就是因为他做出不顾父子君臣身份之事，朕才不能容忍。弘历，你要记住，天家先君臣，后父子。你不必为弘时求情。"他的目光轻漫地扫过青樱，"青樱为乌拉那拉氏之后，如今这个情形，她能不能入你府邸，你好好思量。"

弘历咬了咬嘴唇，不顾熹贵妃摇头暗示，郑重叩首："皇阿玛，青樱格格曾好好地在绛雪轩中，什么也不知道，不该无辜被牵连。而且被三哥拒婚，若今日再失名分，她一个闺阁女子该如何于世间立足？"

皇帝轻嗤一声："你在替她说话？"

弘历素来很畏惧这位父皇，常年察言观色之余，往往谨慎到连一句言语都不敢多说。此刻眼见得太监们要拿走青樱手中如意，他不知哪里来的勇气，膝行到青樱身前一拦："皇阿玛圣明，皇额娘有错受罚，可祸不及家人。青樱格格也是您的家人，且她人好好地在绛雪轩中，什么也不知道，不该无辜被牵连。"

皇帝看出弘历在害怕，他的牙齿咯咯在作响，可他居然有这般勇气违抗自己的心意，这让皇帝大出意外。熹贵妃赶忙赔笑，为弘历分说几句,力劝皇帝不要生气。皇帝只不理会。

再不能这般下去了。青樱咬着嘴唇,极力站起身来。她看见了晞月暗自得意的面庞,熹贵妃关切后的如释重负,弘历的急切不安和皇帝也许很快会触发的怒火。

青樱狠了狠心,将如意递回给弘历。弘历怎肯去接!二人正僵持,青樱一闭眼,索性往他手里一塞,朝着皇帝叩首三下:"姑父。"她顾不得众人被她这声无礼的称呼惊得面目失色,满面诚挚道,"青樱无福再在您跟前侍奉,望姑父保重。但请姑父念在与姑母十数年夫妻相伴,可以稍稍厚待姑母。"

皇帝面上有难得的动容,连熹贵妃亦默然。那沉默太过沉重,弘历嗫嚅片刻,低低道:"皇阿玛,青樱格格有她所愿,儿臣也有所愿之人,求皇阿玛成全。"

皇帝瞅着这个从来不大肯作声的儿子,叹了口气:"乌拉那拉氏有过,她的侄女也未必贤惠。"

弘历颇为恻然:"皇阿玛,青樱格格曾被三哥拒婚,若今日再失名分被赶出宫去,她一个闺阁女子该如何于世间立足?只怕要被逼上绝路。儿臣不忍,皇阿玛也一定不忍。"他膝行上前,"皇阿玛今日逐了三哥,禁足了皇额娘。这些人都是皇阿玛的至亲,皇阿玛固然雷厉风行,但处置了他们内心必然痛楚,就请皇阿玛不要赶走青樱格格,再增您失去亲人的伤痛吧。"

皇帝瞅着这个儿子,一个不察觉间,原来他也长成了。他忽然动了心意,当自己还是年少时,对着自己的皇父,仿佛也曾有过这样人前求恳的勇气。可那是多久以前的事了呢?久远得连自己都不记得了。人年纪大了,曾经的真心也容易淡忘了,好像不曾存在过似的。同样是乌拉那拉氏的女子，他厌恶这个皇后，却是永生永世爱恋着她的姐姐，那芳年早逝的孝敬皇后。

到底，青樱也是孝敬皇后的侄女儿啊。

风声簌簌的，落花无情亦动人。皇帝的每一呼吸，都沉重地牵动每个人的心弦。院中的三个女子，都是她们家族未来最大的希冀，那他是否要亲手断了，曾经心爱之人全族最大的希望？

他静了很久很久，终于皇帝看了看庄静娴和的琅嬅，又看了看俏丽而天真的晞月，轻声道："弘历，你需要一个怎样的福晋，自己明白。"

弘历的脸惨白下去，泛着灰败的青，他到底不敢在严父跟前太露了神色，强笑着道："富察氏端庄文静，雍容大方，堪匹嫡福晋之位。如意该交到她手中。"

熹贵妃牵一牵皇帝的衣袖，有些劝慰似的，与皇帝对视一眼，那眼中有恳求，有欣慰。皇帝看得明白，拍拍她的手背。

弘历见父皇与母妃都满意，顺势道："皇阿玛，青樱格格就算受皇额娘牵连，不得为嫡福晋，也请您保全她颜面。儿臣还是希望在自己身后，能有青樱一个容身之处，留她侧福晋之位。"

青樱感动地看着弘历，弘历深深望住她，不过一瞬，又克制地转过了目光。琅嬅迅速地将那烫手的荷包交到了青樱手中，牢牢地握住了太监从弘历手中接过的如意。她暗暗地想，这一趟总算是得到了阿玛与伯父交代的名位，只是没想到，会这般周折地到来。

皇帝见大局已定，看看一脸焦灼的晞月，草草道："高斌政绩突出，家教严恪。他的女儿高氏秀美玲珑，可入你府中侍奉。"

这似乎是一个捎带的吩咐了，晞月脸上这才有了一丝血色。熹贵妃如释重负，笑得温婉："弘历，瞧你皇阿玛多疼你，四喜临门。"

众人忙不迭跟着贺喜，也不辨那被贺之人到底是怎样的心情。皇帝其实并不将这些儿女心事太放在心上，只是站在殿中一株修竹前，颇有深意地道："弘历，翠竹超然独立，宁直不弯，卓尔如君子。朕愿你如此，才不辜负你年幼时圣祖皇帝对你的看重。"

所有的一切，到了这一刻轰然一声，尘埃落地。皇帝是什么都不会说的，却又什么都说了，在禁足了皇后，废黜了弘时之后。弘历的心情有些难辨，他是欢喜的，隐隐也有些恐惧。这条孤独的路上，在父皇身后，很快就多了他一个。

熹贵妃明白皇帝的寄望，不觉红了眼眶。她轻轻推一把全然呆住的弘历，弘历顺势拜倒："竹苞松茂，日月悠长。儿臣盼皇阿玛福寿绵长。"

与赐婚的旨意一起下来的，是弘历封宝亲王的圣旨。青樱虽然只得了亲王侧福晋之位，可到底是弘历亲自求来的，分量格外不同，也算对得住姑母的嘱托。

青樱是在宫里出入惯了的人，可第一回，她走在御花园里，觉得树影森森，红墙凄凄，如要噬人一般。天地大变，姑母本是宫里最有权势的女人，可说倒就倒了，她怎么恳求，那出入熟稔的景仁宫却再也进不去了。姑母已经折损在了这宫里，折损在了自己的夫君手里，她还要跟着跳进这富贵熔炉里么？

青樱早不记得自己是怎么回到家中的，她只恍惚记着阿玛悲切无奈的面孔，额娘欲悲还喜的泪眼。阿玛是绝不允许她退缩的，只为了姑母已倒，乌拉那拉氏仅剩了她这一个独苗般的希望。

日子恍恍惚惚的，过得混沌而飞快。想起弘历，她是甜蜜的，那样翩翩皎皎、玉树临风的一个人，真心护着自己。为着她，他那样在人前求恳，保她仅剩的颜面和尊位。《墙头马上》里，裴少俊在父威之下护不住李千金，他却可以护着自己。这样想想，自己是比李千金幸运的，也对得住这"墙头马上遥相顾，一见知君即断肠"的情分。也只有和他一块儿，才对得起他这份心意。且阿玛和额娘盼着的是自己得了弘历喜欢，他又封了亲王，指不定将来还能帮姑母一把，让她早点儿解了禁足。可她始终在怕，若是和这皇宫没有沾染，嫁个寻常百姓，或许就能延续之前十几年的无忧无虑吧。她无拘无束惯了，忽然就被逼着长大，去应对一个高高在上的皇子，一个三妻四妾的王府，一对不甚喜欢自己的帝妃公婆。人人都希望她什么都会，就好像她一落地就该是个侧福晋似的。

喜日子定在八月初二。八月初一是嫡福晋入王府的日子，她是妾室，与格格高晞月都是八月初二入府。唯一不同的是，她比高晞月早一步跨进王府的大门，以示侧福晋和格格的区别。

入府前一日，他悄悄来见她，也没有别的什么话，只是递了一个千里镜给她。这样私下相见，其实是不合礼数的。千里镜能视远为近，是难得的稀罕玩意儿。上次有时，是汤若望所献，便是宫中，也是少见。弘历这般送上，青樱心情再不好，多少也有些分散，拿在手里把玩不已。

他见她愁眉深锁，悄声说："将来进宫爬到城楼上去，拿这个就可以看到景仁宫院落里的情形。"

原来如此，她稍稍高兴一些，他是这般体贴她的心意。这么看，千里镜，果然是个好东西呢。她忙举起来看，真神奇，果然再远的事物如在眼前，清晰无比。她好奇地转着，忽然照见了他的脸，大得出奇，她不好意思起来："千里镜真是有意思。"

弘历立在她跟前，那样近，他的呼吸都调皮地拂在她面上。他靠近些，再靠近些，在她耳畔低低道："千里镜虽好，哪及我们心里近。"

她的耳根烧得通红透明。他察觉她的羞涩，忙退开些："这些日子没能来见你，让你一个人孤零零的，又要学大婚的礼数，又要担心你姑母。你放心，往后我是你的夫君，我一定会同你一起再想办法。"

她想了想，还是决定把心里的恐惧告诉他。那些不能告诉阿玛和额娘的担心与恐惧，她一五一十地、一点不漏地都说与他听。她说得很久，直到口干舌燥。他一直静静地听着，到她全都说完，才温柔道："我明白你现在心里的感觉。生在皇家，我无一日不见着这宫墙下的冰冷残酷、惊涛暗涌。但我会尽我所能地护着你，不让你再受这些苦楚。哪怕真有逃不过的风浪，我们两个在一块儿了，就也不怕。"

是这样么？本是巨浪里的一叶孤舟，现在是两叶，绑在一块儿，怎么也会安稳些吧。

他握住她的手，无比郑重："青樱，你既嫁了我，我便有一句话告诉你：你放心。"

太阳快落下去了，红霞深坠，西山暮霭处只剩得一痕淡至无影的薄虹清晖。天地间空阔苍茫，唯有彼此相依的两个人，身上落着最后的一点闪烁不定的金光，握着彼此温热的手，凭着腔子里滚烫的一口气，紧紧地，紧紧地，一心一意地依偎在一起。

她是放心的，她真心地相信，她会一生一世，永远都对他这样放心下去。

番外·凌霄

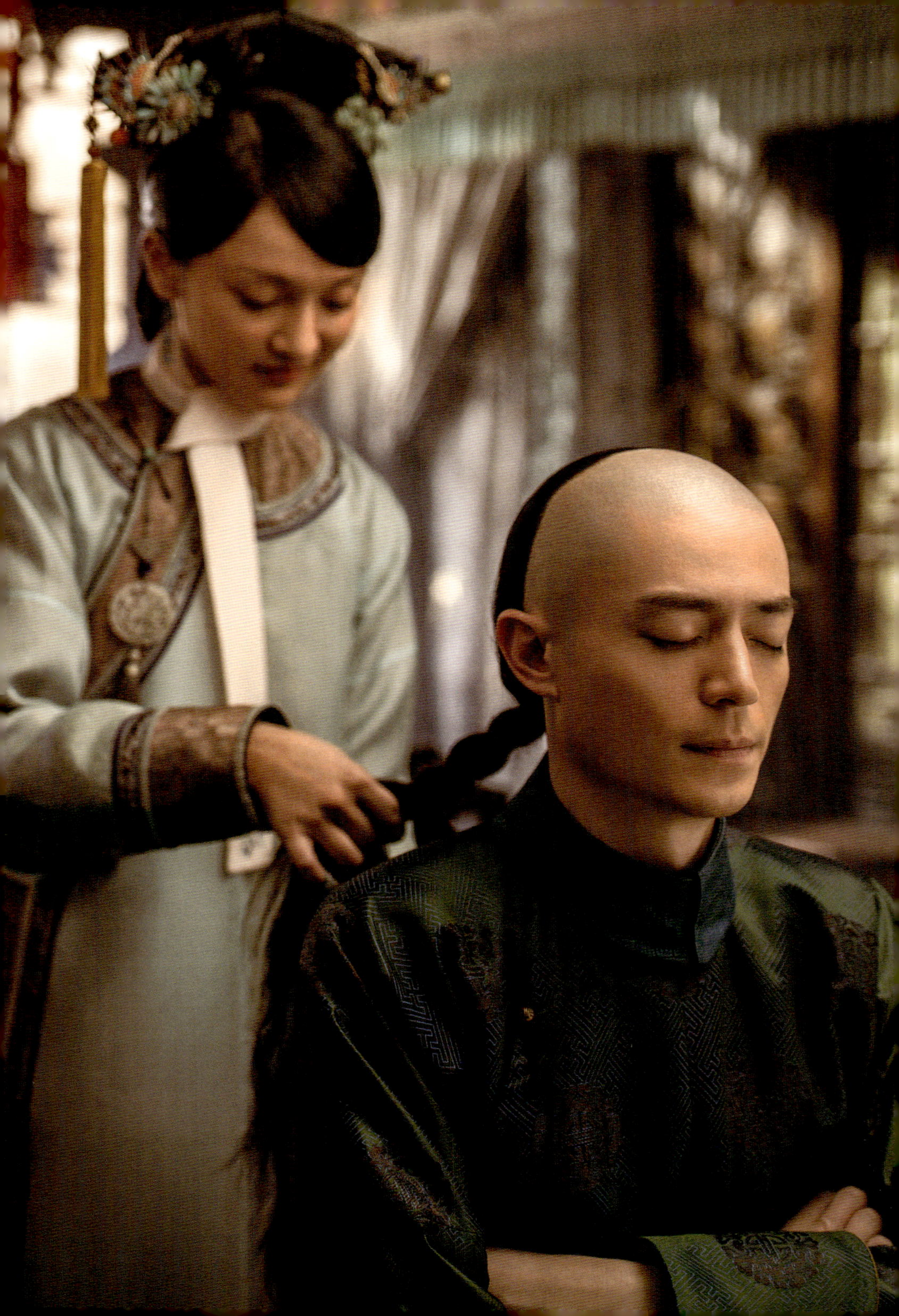

那一日，青樱回了娘家。

嫁进王府后，弘历一直没有拘束过她。一个侧福晋，说去哪里就去哪里，从来自在。弘历是真心疼她，哪怕是在姑母被禁足后，他都一直厚待她。

那一日回娘家，实在是因为憋气，府里的侍妾一个接一个纳进来。晞月的阿玛升了江南河道总督，皇帝便下旨，以"温柔恭谨"之意，加封晞月为侧福晋，与她平起平坐。这也没什么，比之乌拉那拉一族的一蹶不振，高氏一族是冉冉升起的红日，势不可挡。

她是知道迟早会有这一日的，所以面对晞月的喜不自胜，可以浑然无事。

可她不喜欢那样拥挤的后院，翠云馆、渺云阁、闲云阁、寒云阁，每一个阁子都住满了女人，脂粉的香气，让人透不过气来。

这样贸然回府，额娘自然是惊讶的，也晓得她的任性。额娘总是有那么多的"妈妈经"要念叨："青樱啊，你以为王爷曾选你为嫡福晋就不会再纳别人了？玉格格是北国送来的贵女，筠格格和海格格是皇上赏的秀女，外官送进了婉格格，福晋有孕的时候把自己的侍女给了王爷成了绮格格。这些也不都是王爷自己能做主的。"

这样的话，新嫁那一日弘历便提醒她过。他是天潢贵胄，皇帝最看重的皇子，自然是三妻四妾。何况世风如此，农家便是丰收三载，都想着多娶一房。可事情轮到自己身上，总是高兴不起来啊。青樱满心里有些羡慕，阿玛不是就从不纳妾么？额娘的运气，比自己好。

额娘像是看穿了她的心事，略带讥讽地笑笑："你阿玛那是聪明，外头花天酒地，还不用带一个回来养在家里。你以为他从没别的女人？男人又不是泥菩萨，见了外头的女人没一个不动心的。错了，哪怕不动心，照样动身。"

照样动身。这四个字，听来真是惊心。王府比不得后宫，可那争奇斗妍也是无一日不存的。弘历周旋其间，要各个安抚，可不是劳身劳力。

再说起来，额娘便又唠叨起她得宠多年却无子嗣的事来了。青樱听了就心烦。虽然她也知道，姑母身为皇后却被禁足，自己一直没有机会救她出来。本想着要能生下长子，皇上多少会看在长孙的分上宽宥姑母些。

可是纵然她与弘历恩爱，子嗣上却是一直没有动静。眼看着嫡福晋富察氏的族姐诸瑛生下了长子，嫡福晋生下次子与长女，笃格格也生下了三子，她却白承了这些年的疼惜。可她又有什么办法？她与他的情意，从来又不只是为了有个孩子。

额娘看着她，就是满面忧色："乌拉那拉氏早不如从前了，一切指望全在你身上，你要惹恼了王爷可就完了。每常也别和王爷生气，多哄着他些。"

青樱便不服气："额娘，我要嫁在寻常人家还能自己做主些。嫁进了皇家是不是只能永远围着王爷，听他的，讨他喜欢。"

额娘叹了口气，默默地剥一枚青碧碧的莲蓬，剥出一颗又一颗雪白小圆子，一副认命的样子："女人啊嫁到哪里都一样，一辈子都怨着男人，哄着男人，围着男人。"

就这样一辈子么？青樱怔怔地想。

她的念头没转完，弘历便来了，见过了岳母，笑吟吟便拉着她往外走。她有些不情不愿的，可还是出去了。

莲花早过了季，成了半残的模样，凌霄却开得正好。芳草菁菁，晨光融融，青樱翘着脚躺在草上，看着藕荷色缎鞋尖上的红缨花一晃一晃，明亮耀眼。风乍起，翻起满架凌霄花的香气，似涟漪一般慢慢漾开来，柔柔的，并不似栀子那般香得浓烈迫人。

弘历哄着她："天地自在，何等难得。青樱，不许再恼我了。你是知道的，满府里这些女子，我自己选的唯有你。而且从皇阿玛到皇子乃至民间，哪有男子不多妻妾的。"

青樱是怨尤的，不仅为了自己，也是为了天下泰半的女子，不能一个夫君只一个妻子，没有妾室。可她也会害怕，会心烦，人多了是非多，

姑母就是因为这样才被皇上厌弃。

弘历看她闷闷的，也是不忍心："顶多我答允你——除非是皇阿玛硬塞给我，我实在回绝不掉。往后这几年里，我再不纳妾就是。"

她不言，远远有农家夫妻搀扶着走过，她坐起身遥遥凝望，满眼都是羡慕。弘历如何不明白她的心事："你羡慕他们？"

"虽是布衣，但自由自在。"

弘历轻柔地道："你最爱江南好风景。青樱，终有一日，我们会一同到江南去。"

青樱最爱的便是杭州。江南有杭州，杭州是天堂。此心向往，恨不能立刻身至。他牢牢握住她的手："杭州好，弘历与青樱同去。若言而无信，便教这凌霄花死死缠住我，一生不得自在。"

她啐他，有些舍不得。弘历起身，摘下一枝袅袅的凌霄花："这颜色多艳，你可喜欢？"

她最喜凌霄开得热烈，喜欢它披云似有凌云志，向日宁无捧日心的风骨。也更可怜它朝为拂云花，暮为委地樵，花开花败太容易。

这样的心思他是猜不到的，他只说："我却喜欢那句凌霄花下共流连，细雨春风忆往年。青樱，你我于春风中相见，我永志不忘。"

青樱嗤地笑了，那笑容比明艳的凌霄花还要亮。他心中蓦然一动，轻轻吻上了她的额头。

嬿婉穿着一件蓝布的衣裳，那衣裳显然是很旧了，袖口、手肘都泛着灰白。她难堪地看看自己的衣衫，哪个女子愿意自己姣好的青春便这么灰扑扑地过了，尤其是一个天生丽质的女子。可看看凌云彻，他的衣衫都打着补丁，连自己都不如，她便心疼地默默叹了口气。

番外·凌霄

这回的事,她是下定了决心,便是凌云彻不允,她也是要进宫的。否则家里可怎么办?额娘要养,弟弟也还小。凌云彻总说要相信他,会好起来的。可她再明白不过,她与他一个家道中落,一个家境贫寒,谁也帮不得谁。所以额娘才不允准他们在一块儿。也是,都是穷人,除了互相拖累,根本帮不上忙。

她低低地恳求,长长的羽睫沾了泪珠的水汽:"云彻哥哥,进了宫,至少我不用听额娘啰嗦,我们还可以天天见到。而且,到了宫里,哪怕苦一点儿,我们总在一块儿。将来我们攒了银子,额娘也不能反对我们在一块儿了。"

嬿婉满脸期许的神色,凌云彻哪里再舍得说一个字拒绝她。他勉强地、微微地点了点头。嬿婉粲然笑了。她心中蓦然一动,踮起脚,轻轻吻上了他的额头。

凌霄花呀,开得正艳,那真是一年,不,是一生里最好的时候呢!

后宫·如懿传

Ruyi's Royal
Love In The
Palace

番外·许愿

白雲紅樹間清
秋監瑩屋虛披
華浮霜捲馬頭
山色見揚薩谷
口水微流傳鞭
愛看逕鴻度隔
峪時聞野鹿呦
笑我吟詩花正
孫每進

京郊有妙云山，素以"古刹、奇松、怪石"而闻名。重岩叠嶂，青林翠竹，甚是葱茏。日曦皓月，雾凇霞影，各有妙致，是京中百姓常游之地。供碧霞元君与送子娘娘诸位，求子最是灵验。又有财神、月老诸殿，都是香火鼎盛，深为善男信女所敬。

自轿中下来，举目峰峦如聚，日色明朗灿灿，白色的软云与碧色山峦缠绵相映，山顶树影被风吹到同一个方向，连枝丫也历历可见。弘历自然地握住她的手："跟着我，我们一块儿上去。"

青樱抿唇一笑，丽色似浮光韫珠："谁说的？说不定是我走前面，你跟着我呢。"

她一笑，当年初见时那种明亮俏丽，便如从不曾离开过一般。在王府共处了这些年，他其实知道她渐渐有些不快乐。那不快乐是他的缘故，也是身在帝王家的缘故。自从她姑母失宠被禁足景仁宫，乌拉那拉氏便失去了这些年来最大的倚靠。而成为皇子侧福晋的青樱，隐然已成了家族最大的指望。

可偏偏，她是永远不可能成为嫡福晋的。嫡福晋富察氏贤惠有德，出身望族，又有一双儿女。更要紧的是，富察氏是他的皇阿玛与额娘熹贵妃都认可的女子。无可动摇的地位下，他能给她的，唯有更多的陪伴与疼惜。

可惜，渐渐地，连这也难得了。府邸中的诸位侍妾，晞月是一同入府的格格，已然因父亲高斌的得势，进位为与她平起平坐的侧福晋。格格中，因生产而离世的诸瑛是富察氏的族女，福晋送来的礼物。玉妍是北国玉氏千挑万选送来的贵女，容貌冠绝一时，便是放在嫔妃堆里，也是人所莫及，自然一入府就深得他宠幸。绿筠和海兰是皇帝赏的秀女，外官送进了婉茵，富察氏遇喜时侍奉不便，把自己的侍女给了他，也封了格格。这些人虽然都不及晞月、玉妍得宠，更不及青樱得他心意，可毕竟莺莺燕燕挤了一府，他要一一顾及，待青樱总不能如最初一般。且富察氏与诸瑛、绿筠接连生子产女，最得他心的青樱却从无所出。几年下来，他也发觉了她的担忧与焦急，知道她少了立足的依凭。

他一直记得她的那双眼睛。明眸善睐都不足以形容她双眸灵动流转的光彩。如今那眼中神采渐渐黯淡下来，他怎会不明白。

去的是正殿，许愿、叩拜、添香油——做得无比虔诚。他身在皇家，见多了僧侣庙众，其实并不大相信这些。可想她若能心愿得偿，这样拜求也未尝不可。他轻轻地在她耳畔低语："这娘娘庙里供奉的碧霞元君，乃是京中求子求姻缘最灵验的地方。咱们这么诚心，想来也是一定会灵验的吧。"

她的神采一直是跳跃的烛火，被他的话语倏然点亮，唇边漾出一波明媚笑容，如春夕满地的明月光。"只要我们在一块儿就好。"

弘历跪在蒲团上，悄悄挪过去三分："你我姻缘相谐，若再有个孩儿锦上添花便更好。"

她闻言转头，向他微微一笑，脸却红了，有些着急："菩萨在上，你好歹检点些。"

弘历嬉笑："怕什么，你我是夫妻。菩萨看着我们这样才高兴，否则整天看世人愁眉苦脸许愿求拜，菩萨也愁死了。"

她雪白的一痕脖颈从淡青色的领间逸出，不知怎么也成了粉色樱花初开的晕红。弘历心中一动，拉着她的手就往外走。

出了正殿往山后转，两峰之间悬一索桥，上面密密麻麻挂满了同心锁，五颜六色的络子，结着一颗颗沉甸甸祈盼在一起的真心。有些被风吹雨打得褪了色，有些被山风卷落，掉进了深渊，又有崭新的一层又一层挂上去。

这世间，总有扑不灭的恋火。无论索桥多险，总有人前仆后继要去把真心悬系。前头便有一对少年男女牵着手站在索桥上，二人衣着朴素，想是寻常人家。那女孩子显是有些害怕，紧紧地依偎着高大的少年郎，毫不在乎旁人的眼光。那少年扶着少女的手臂，帮她系好同心锁。那少女一脸雀跃，牵着少年的袖子满脸都是笑："你说挂了同心锁，我们会永远同心吧。"

少年望着她，眼里有无限深情："不管日后如何，你我都不会分离。"

少女笑得眼睛都成了月牙儿："希望云彻哥哥心里永远只有嬿婉，此情不移，就如凌霄岁岁盛开。"

二人笑嘻嘻牵着手下了索桥，青樱贪恋地看了一眼又一眼，弘历从旁边走过来，拿着一个同心锁在青樱眼前晃了晃。

青樱喜出望外："你怎么知道……"

弘历扬着同心锁："我还猜不到你的心思么，我们也去挂个同心锁吧。"弘历小心翼翼地牵着青樱的手走上索桥，青樱只顾着弘历，不住道："你小心些。"

弘历照旧嬉皮笑脸："你怕我掉下去么？"

青樱连连点头："那不用你拉我，我就和你一起跳下去。"

弘历眼中有涟漪微漾，握住她的手便重了几分力气："自然，我没事，你才没事。"

青樱笃定地点头，被弘历仔细护着挂上同心锁。山风呼啸而过，似一只自由穿梭的猛兽。她皎洁的容颜像一大蓬盛放的三月樱花，灼灼的让他睁不开眼睛。她回头，贴着他的脸，满是幸福。

弘历紧紧搂着她，问她愿望。青樱只是俏皮地含笑不语。弘历索性道："那我不猜了，我只告诉你我的愿望。两心相同，白首不厌。"

青樱笑吟吟地两手各捏他一边耳垂："我的愿望和你的一样。"

弘历双手一摊，不揽她的腰肢了："你要和我想的不一样，我也没法子。"

青樱被他一唬，只觉得站在索桥上整个人摇摇晃晃的，吓得立刻揽住他脖子。弘历狡黠地笑起来，紧紧抱住了她。

青樱吐了吐舌头："是了是了。我都告诉你吧。我许的愿是两心未必时时相同，只要彼此不疑就好。若是做不到，我便离了你，再不理你。"

　　弘历才不在意，刮了刮她的鼻子："叫你胡说。"

　　青樱光洁的额头抵着弘历的额头，二人互相瞪着，忍不住扑哧笑了。

　　风悠然吟过，他们虔诚地相信，许下的愿望定是会成真的。

　　会成真的。

后宫·如懿传

Ruyi's Royal
Love In The
Palace

番外・杭州

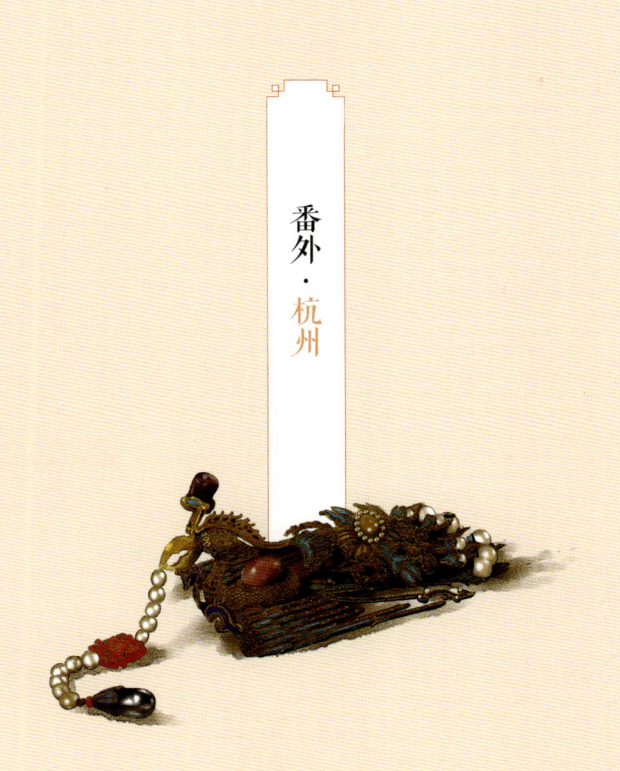

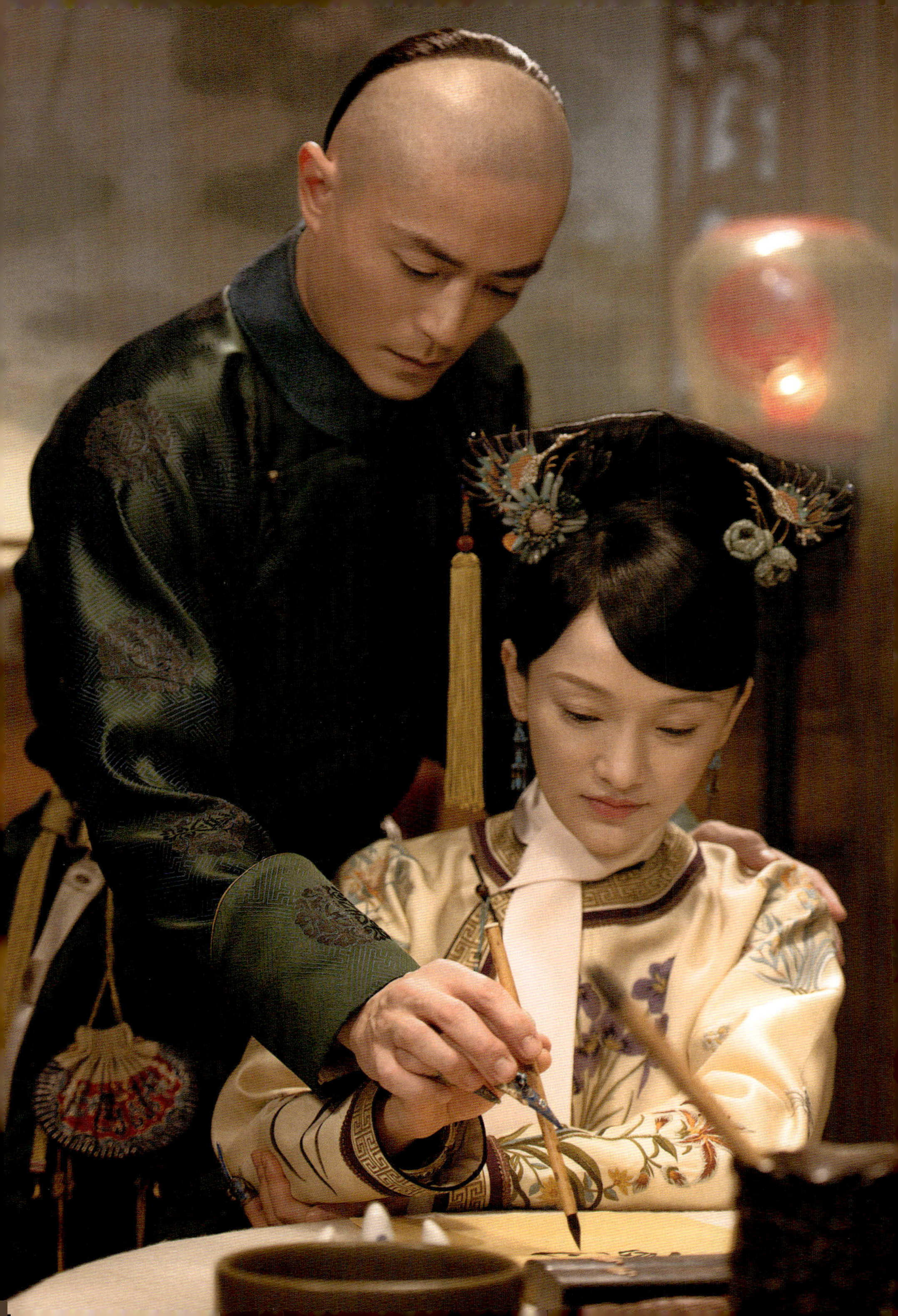

皇帝对江南向往已久,终于一偿夙愿,守着晴也是景雨也是景、烟雾蒙蒙又是一景的西湖,沉醉不能自已。

这一日,行宫里驶出一驾青帷马车,坐在车头的是一身便衣的李玉和进保,只说是奉皇帝之命送贵客出宫,便径自出去了。直到了塔下,车里的人才敢笑出声来,却是平民装束的皇帝与如懿。皇帝一袭宝蓝衣袍,碧绿丝绦系腰。如懿则是一袭淡青色镶暗紫宝相花的衣裙,青丝轻绾,略缀点翠珠花,轻扫胭脂,宛如江南寻常妇人。

马车有些颠簸,皇帝揽住了如懿:"朕知道你喜欢苏杭,向往民间夫妇的生活。今日皇额娘去禅寺礼佛,你我正好偷闲出来。自从我登基,咱们就没有再这样出来过。娘子,这外头的自在天地,是你最喜欢的。"

是呢。做个老百姓多好,守着妻儿,小富即安,闲时赋诗,兴来出游。不必凤兴夜寐,无须殚精竭虑,多么舒坦。

如懿悄悄掀起帘子,贪看红尘繁华,那是世俗的热闹,带着烟火气,踏实而温暖。她欢欣道:"多谢夫君记得我的喜好。高处不胜寒,我已经多年没离开过宫禁了。"

皇帝轻拥着她:"所以偷得半日,与你做一回凡俗夫妻也好。"

已近黄昏,如织的游人渐渐散去。夕阳映着湖水格外温情脉脉,是旖旎的粉霞色，染着柔波的绿，二人便这样坐着，静静看着夕阳一点一点染进湖水里，成了星子般的金红碎点。如懿与皇帝上了保俶塔最高那一层，双手相牵，缓缓绕塔而行。皇帝难得这般清闲，不觉叹道："自做了皇帝，年年月月无休，每日批折子、见大臣，完了问候母后、陪伴嫔妃、教导儿女，还有无数的大事小事，没有一刻得闲。如今来江南看看，觉得做百姓比当皇帝清闲适意多了。"

如懿笑着盯着他瞧："那夫君可愿褪下龙袍，和我一起走进人间烟火，如从前一般再做一回布衣百姓？"

皇帝捏一捏她的脸颊："当然好。做个老百姓，无须殚精竭虑，只与你朝夕相对。"

如懿正要回答，皇帝的肚子咕噜一响，如懿忍不住扑哧一声笑了。皇帝捧住她的脸，笑得眼睛都眯了："笑什么？朝夕相对的人也会饥肠辘辘。"

如懿悄悄戳一戳皇帝的肚子："这回想吃什么？鸡子饭？船面？我们去寻好吃的。"

二人说笑着牵着手下山，直奔吴山而去。吴山下有无数小摊聚集，人来人往，煞是热闹，最有烟火气息。皇帝与如懿虽然早年在京城摊档厮混过两回，但哪里见过这般江南繁盛，人情热火。真真是钱塘自古繁华，参差十万人家，市列珠玑、户盈罗绮的好气象。

他们不断听到招呼声，只觉得光眼睛看，那些美食都是看不够的，恨不得多长几条舌头，每样都试一试才过瘾。

如懿一边给皇帝说着名称，一边道："南边的风味和京城不同，我小时候吃苏式点心，更甜腻些。杭州的更家常落胃。"皇帝不住地尝着，李玉一边掏铜板一边急得要哭，不住地低声哀求："主子，这摊上的东西不干净。"皇帝浑然不理,只示意李玉跟远些。如懿指着其中一家热气腾腾的铺子道:"这是条头糕,里头的豆沙细腻香甜,夫君尝尝。"

皇帝看着实在诱人,忍不住抓起一块咬了一口,一边吃一边评点:"有些黏牙,但比宫……家里的好吃多了。"

那摊贩听了夸奖,得意得不得了:"那是!我磨的豆沙都是蒸得脱了红豆皮,再拿纱布细细绞了三遍,便是宫里都比不上。连皇帝老爷吃了都叫好呢。"

皇帝"啊"一声怔住了,如懿忍俊不禁:"皇上真的来你这儿吃过啊?"

那摊贩神气活现:"当然!皇帝年年让人出宫来买了带回京城呢。"

皇帝与如懿笑得打跌,李玉手忙脚乱给钱,进保左右护着,提心吊胆,忙得一头油汗。皇帝才不管他们,一径把他们丢在了后头,只顾和如懿议论。"这个酥油饼好吃,跟定胜糕不相上下。哎,杭州的小吃都好吃。""夫君,我喜欢那个葱包桧儿,说是把秦桧包在里头炸了。"

皇帝是十分认真的神气:"要真是把奸臣贼子一锅炸了就能天下太平,我就起个大油锅,换一个天下太平,海晏河清。"

如懿眼里全是钦慕之情:"看眼前百姓富足安乐,还不是天子夙兴夜寐的功劳,才换得这盛世景象。"

皇帝在得意中无比欣慰:"总要出来了,才不算是在奏本上了解我的子民,我的天下。"

如懿朝他挤挤眼睛:"有人跟着呢。"

皇帝实在厌烦跟着两个尾巴,拉一拉她的手,二人避开李玉和进保,顾不得他们连连追喊,便向人海中穿去。

二人一口气跑到苏堤处,实在累得不行,笑喘了一阵,静静坐着。

湖边的雾气渐渐升起，春夜的雾温柔得像情人亲昵的手，轻而润地拂在面上。如懿靠在皇帝肩上，柔声道："我年少时跟着阿玛来杭州，就见过这样美的夜雾。"

皇帝凝视着夜雾中如锦铺开的桃花，悠然道："我们在这儿待多久了？"

不知道多久了。但这样待着，真是好。人间至乐，不过是与至爱宁静相对。

皇帝轻轻抚摸她的脸庞，语调情意沉沉："只有我们两个，真好。如懿，无论晴雨风霜，我们都在一块儿。我要与你一起看春日樱花，夏日凌霄，冬日梅花……"

如懿心中坠满了一重又一重暖意："善始善终，共看四时花开。"

皇帝握紧了如懿的手，郑重道："我答应过你的，一定会实现。"

他神色如此庄严，似是许下一生都要守护的诺言。如懿无限感动，却又被雾气湿润了眼眶："真能如此便好。只怕情缘起落，如夜雾消散。"

他的声音绵绵而沉着，像一滴滴敲在心头的落雨："夜雾消散，你我情意不散。"

宫中的日子待得太久，久到她自己都不大相信这样情深意缠绵的话："那若是夜雾茫茫，你我会不会走散了？"

皇帝一根一根握住她纤细洁白的手指："不会。只要你执着我的手，永远不要松开就好。"

真的，只要这样执着手，便不会分开么？或许越是看重，就越会这样患得患失，哪怕在大婚的喜悦里，都会这般闪出偶然的郁郁。如懿用手指轻轻在他掌心比画："夫君可知一个字谜？是春雨绵绵妻独宿。"

皇帝眼里的顽意愈浓，戏道："你这么说，可是怨我冷落娇妻？我可是日日陪着你了啊。"

如懿难得这般撒娇，只是催促他快猜。皇帝素性颖慧，这点小心思自然不难猜，一一解道："妻子独宿，是夫君不在家，'春'字中的'夫'就去掉了。春雨绵绵不见'日'，'春'字中的'日'又去掉了。就是个'一'字。"他故意蹙眉，"你从哪里听来这样的字谜？"

这一问，似乎提醒如懿念起从前的往事："姑母在世时，常拿这个字谜猜着玩，我才知道她明面上叹自己失宠凄凉，心中只是求个'一'字。"

皇帝明白地道："你想景仁宫姑母了？"

她点头，又摇头，似乎自己也难明心事万千："我只是要你知道，如今我们在一块儿，你不再是独自一人在峰巅上的孤独，我会陪着你，一直陪着你。"

情话比西湖的夜澜还要柔波软漾，每一字、每一叹息都激荡在心弦之上。那一瞬间，真觉得天荒地老都可以这样待下去。无关帝后的身份，无关后宫翘首苦盼的那些身影。天地间唯有彼此倾心之人，一如年少，一如初见。皇帝的默契最懂得："都说天子是孤家寡人，我只要你陪着我，要那个一生一次心意动的人永远陪着我。"

情生意动间，她伸过手与他紧紧相拥，用拥抱的力度传递着一种唯有彼此才懂的相守。她轻声而坚定："我会，一直都会。"

真的，谁都不知道承诺有多重。一个字、一句话的火焰与悸动，是否倾尽西湖水都不能浇灭？这一句承诺，有多重呢？一段年少相许相守，有多长呢？一个心底企盼的愿望，要多久才能实现？

他收臂将她牢牢锁于怀中，吻上她的眉心："我明白你的心意，下回可不许再说这么不吉利的字谜了。"

半湖雾烟湿漉漉地弥漫。西湖夜夕水波潋滟，烟花三月如锦花木的

清馨轻盈四散。她的心底是春风沉醉后的清宁安然。他是她一生的意外，在她意图叛婚之时，骤然在戏台下初逢的眉眼缱绻的艳丽少年郎，他是一心维护自己，挽自己于家族倾倒的难堪与慌乱中的皇四子，宁愿违抗父母之命也要给自己一个安稳身份的人，便这般定下了情缘十数载。

如懿温顺地低下头，心中满涨着温馨的暖意。她的额头顶着皇帝的下巴，他的胡须刺刺的。不知何时落起了雨滴，风吹落树叶上的雨水，落在二人身上，两人相拥着笑起来，忙不迭起身，抖落身上的雨水。

夕雾逐渐散去，雨水有渐停之势。皇帝无可奈何："雨停了，雾也散了，我们走吧。"

如懿望着西湖，眷恋不舍："马上就要回宫了。真舍不得离开杭州。"

皇帝好言安慰她："会再来的。如懿，朕一定会与你再来。"

杭州的光色流转、云朵飘逸，杭州的日升月落、辉虹交映，杭州的自在天地，三秋桂子，十里荷花，羌管弄晴，菱歌泛夜，醉听箫鼓，吟赏烟霞，几乎可以消磨一生一世。没有人比她更眷恋，更不舍。可再恋恋不舍，一步三回头，她终于也只得离开了。

半路上便碰到在树下哭丧着脸的李玉和进保，一壁跺脚埋怨一壁害怕不已，跟丢了主子是大罪，两人正不知要不要报官，更不知要如何面对太后的雷霆之怒。进保沮丧到了极处，擦着眼泪道："唉，还好家里人都死绝了，不用连累他们。"一抬头，如懿和皇帝已经回来了，两人喜得不知该怎么才好，就像接了个天上落下的凤凰，忙拱着二人回去了。

番外·金莲吐艳镜光开

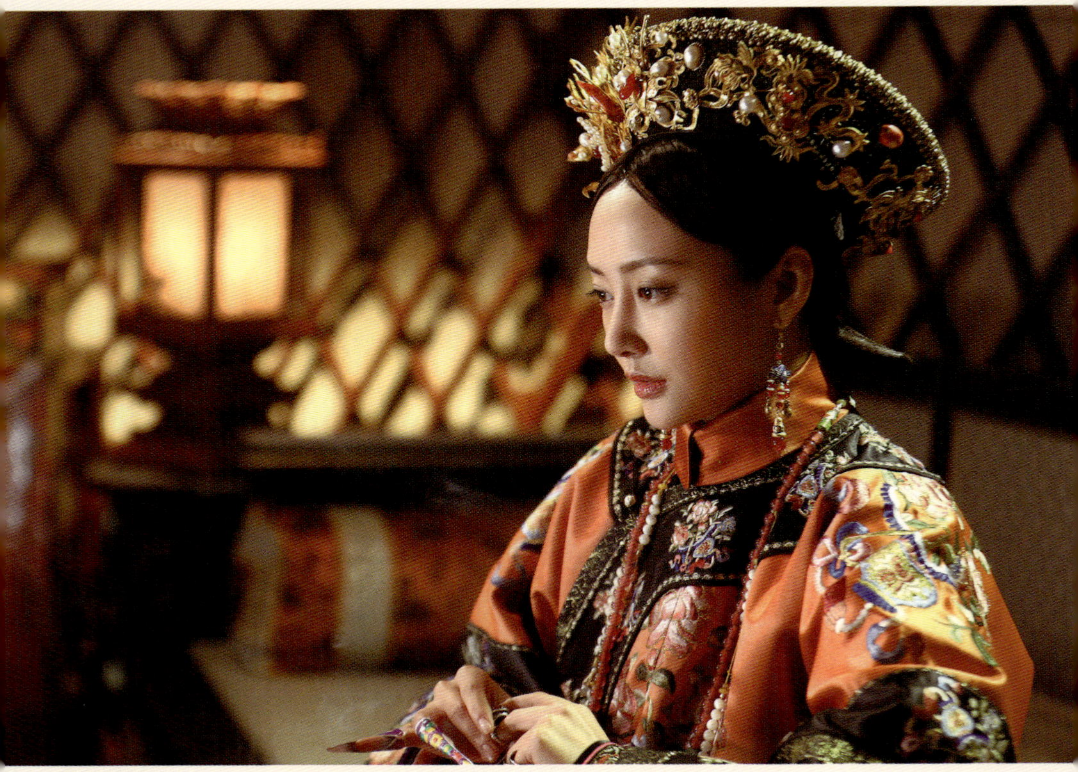

《尔雅》曾云：春猎为搜，夏猎为苗，秋猎为狝，冬猎为狩。马背上得天下者，尤重骑射行围。

自康熙以来，木兰秋狝便是入八月后皇家最要紧的一桩盛事。到了乾隆登基，效仿祖制，更是盛大其事，曾道："朕之降旨行围，所以遵循祖制，整饬戎兵，怀柔属国，非驰骋畋猎之谓。"

皇帝礼重蒙古，骑猎行围，除了皇亲国戚，文武朝臣，蒙古诸部咸来拜见。皇帝携了皇后之外，也多带蒙古嫔妃，一是她们多擅骑射，二来也是向蒙古表达亲好之意。

这一年如懿刚生了五公主不久。出月的人尚在劳累中，禁不起舟车劳顿，便在圆明园中安养。诸妃见皇后不动，太后也无去避暑山庄消闲之意，自然也留下来侍奉左右。皇帝蒙古嫔妃中，颖嫔与恪常在最为得宠。新纳的忻嫔戴氏也是正得恩幸的时候，皇帝便携了她们三个往木兰围场去。

雁行左右排千骑，鱼贯联翩认五旌，固然是煊赫盛大。可在草原上的日子久了，待千里茫茫荡荡的青绿深碧转成了层林尽染的金粉暗橘，皇帝的性子也渐渐有些怠了。就像蒙古的摔跤、射箭、赛马看得久了，总是有些腻味，连和蒙古嫔妃们饮酒观歌舞也不那么有趣了。

进忠看在眼里，也是有数。这一日湄若留在避暑山庄消夏，颖嫔和恪常在正陪着皇帝在帐篷里打沙嘎取乐。皇帝喝着奶子酒，斜倚在毯上，又嚼着奶酥，忽然想起绿柳烟里的江南胜景，那种柔软，是轻漫漫地噬骨的。

出身草原贵族的年轻嫔妃们多半豪爽单纯，还不太懂得察言观色，侍奉入微。皇帝也懒得应付，打了个呵欠，顾不得她们的热闹，便往角落蜷了身子，打算趁着醉意眠一眠。忽然，一缕昆山调摇摇曳曳传来，像是酥化了的蜜糖，甜嗒嗒地滴下来，一下子便调起了他懒洋洋的三魂七魄。

是谁在唱？

他转首望去，颖嫔她们照旧嬉闹着，除了他，仿佛无人听见那幽幽袅袅的昆山调。也罢，或许除了他，也无人听得懂这情词缠绵的古老韵曲。她们喜欢马头琴，喜欢四胡和火不思①，更喜欢扯起了嗓子便高歌一曲。

他悄然起身，立到帐篷边。颖嫔瞧见他，他也只是摆手，就当去醒酒。他疾步出去，唯见斜阳如金粉飞撒，染得那浩浩草原都失了真色，人也成了渺然一点。

皇帝问了一声："哪儿来的昆山调？"

进忠紧随着赔笑："皇上，这是围场，哪儿来的昆山调呢？"

是啊。耳边皆是风声疾疾，哪里还寻得到那一缕缠绵如丝的昆山调呢？

可他分明是听见的，那是一句"春呵春！得和你两流连"。

皇帝呼出闷闷的叹息，身后是恪常在打赢了沙嘎的嬉笑声，宫人们

---

① 蒙古族弹拨乐器。

也跟着欢呼。恪常在一脸笑容地迎上来，牵住他的衣袖："皇上，您看臣妾赢了，如何？"

皇帝淡淡地笑："甚好。"

这样两三日后，皇帝只当自己是听差了，也渐渐忘却了此事。他每日行马，也有些疲倦，待到了汤泉，便要浸浴驱乏。忻嫔戴氏连着侍奉了两日，到底不惯露天的汤泉，蒙古嫔妃们伺候又不够细巧，皇帝索性叫了力壮仆妇按揉肩穴，也懒怠叫嫔妃随侍了。

原野的夜色不是纯粹的浓墨深黑，不像宫里，再夜，总有不灭的华灯闪烁，连着夜空都是暧昧的暗红。此夜凉已如水，伸手而出触及的空气都是带着汤泉乳白的氤氲，温热、湿润、迷蒙。

皇帝举杯自饮，那是一种专配给泡汤泉所饮的金莲花参片酒，他就着大片的风干牛肉吞下，别有一番滋味。饮得多了，五脏六腑都是暖融融的。宫女在汤泉里不断加入新鲜的金莲花，见皇帝独自享受，便也知趣退下了。

按揉的仆妇便是此时无声无息进来的。按着素日的规矩，她们只是低头当差，为皇帝松筋骨，散倦乏。若不问话，不可言语半声。那蒙古仆妇着红衣，系着暗橘色腰带，越发显得纤腰一握。她两边各梳着一个环辫，坠着大把碎碎的蜜蜡和珊瑚珠子，耳垂下垂落硕大的蓝绿松石镶银珠耳片，遮住了半边柔白的面颊。她纤巧屈膝，跪在皇帝身后，拿了热帕子洁净双手，又在铜盆装的温水里将双手浸热，免得手凉惊着了皇帝。

那汤泉四周黄幕围绕，风吹得黄绸如浪，缓缓翻动。皇帝闭目懒言，由着仆妇轻手轻脚地按着，终于皱了皱眉头："没用饭么？"

那女子有些无措，立刻加重了手势，皇帝受用了些许，轻哼一声，便也不再言语。那女子见皇帝舒坦，便按着这个节奏，如调弦拨琴一般。皇帝忽然从汤泉里伸出手，湿淋淋地一把扯住她的手腕，睁开了眼。皇帝的声线发沉："手劲儿不对。"

那女子大惊，还来不及反应，已经被皇帝顺势扯到了跟前。她惊呼一声，那声音又媚又柔，仿佛抛到高空的一缕银丝，旋个花儿又直直坠了下来。

皇帝听得耳熟，又见她面庞，也颇吃惊："令妃，你在这儿，是为了见朕？"

嬿婉由着被皇帝抓住了手臂，半个肩膀都湿透了。那汤泉的热意被风一吹，成了彻骨的冰凉。那暗色的水红如她微颤的我见犹怜的唇，她几乎是要落泪："皇上，臣妾想您……"

皇帝为君十数载，见惯了妃嫔媵嫱咸来媚好的低柔姿态，并不放在心上。他丢开她的手，自顾自倒酒入喉，才道："既然想朕，好好儿求见就是了。打扮成这样做什么？"

嬿婉低鬟敛眉，小巧的下巴抵在胸前，是不胜柔弱之态："臣妾卑怯，羞见天颜。"

皇帝信手摸了摸嬿婉的乌黑油亮的发辫，手指轻轻一勾："这般简素，倒像当年做宫女的时候，怪可怜见儿的。"他顿了顿，"只不过那时着青衣，更清秀些。"

嬿婉大着胆子，沿着皇帝的指尖一点点攀上去，酥酥地划过他的掌心，柔荑一扭，反握住了皇帝的手。她双眸水光流转，盈盈定在皇帝身上："皇上，臣妾情愿自己还是个宫女的时候，得您怜惜救护，能在御前为您奉上一瓶凌霄花。"

皇帝一怔，瞥见汤泉中被泡得发软的绯红、杏黄两色金莲花，不知怎地，便想起了宫中御花园里蔓延墙头的凌霄花，那些红花儿黄花儿朵朵生动。

皇帝的心忽然一软，如清风吹开了浮萍，露出一痕碧波清澈："起来吧。别跪着说话了。"

嬿婉轻巧起身，但见周遭局促，并无可坐之地。她见皇帝裸露的肩头往下浸了几分，心中明白，便背过身三两下脱了外衣，只露着脖颈间一痕殷红的绞丝串珠丝带，下头是一件玫瑰红绣水绿兰花叶的肚兜和一色的薄绸长裤。她赤足试了试水温，很快整个身子如游鱼般滑了下去，轻轻吟唱着："惹下蜂愁蝶恋，三生锦绣般非因梦幻。"

她的声音又软又滑，是手指一抹而去的滑不溜丢，酥酥麻麻地撩人心扉。皇帝的眼神越发柔软："前些日子的昆山调是你唱的？你何时学的？唱得不错。"

嬿婉一步步柔软游走到皇帝身边，隔着一握的距离不敢靠近："皇上虽然因臣妾之错疏远，但臣妾心中，始终以皇上喜好为念。"

皇帝笑了笑，沉静的面容温柔了些许。嬿婉是侍奉过皇帝的人，自然知道他这个笑容意味着什么。她左手一扬，挥起点点水珠，伸手向皇帝，皇帝也伸出手拉住她。嬿婉的脸越来越红，飞霞般的红晕染上了玉色双颊。一双多情含波目，似喜非喜，欲语还休。

皇帝淡淡道："不自己过来？"

嬿婉嘻地一笑，将脖颈间的细带轻轻一解，整个人顺势扑过去，没在了汤泉里。

水雾氤氲，樱口半衔，身体与身体痴缠久了，几欲酣眠长梦，慵慵不肯起身。待得凌云彻来换班时，才听得里头有男女的嬉笑声隐隐传来。

他才从行围过来，知道一众随侍的嫔妃都不曾跟来。他已然觉得不对，可是看周围侍奉的太监和侍卫，都木着一张脸，想是蒙古各部进献的女子，抑或宫女之类，便也不敢有好奇的心思。

他眼观鼻鼻观心，只听得那声音越来越近。那男声自然是皇帝，女的却是柔软甜糯，像是新成的酒酿，如蜜，微醺。

他心头一震，根本不需要去辨别，就已经听出了那曾经最熟悉不过的声音。

那女子分明在说："这儿的金莲花都开了，宫里的凌霄花大约也开得正盛。您救护臣妾那一日，宫里的凌霄花开得正好。皇上，臣妾一生，有那一日得您一顾，便是臣妾三生之福。"

那"凌霄花"三字如雷轰击在心头。他想笑，满心却是苦涩，他与她的定情之花，原来也是她的攀恩之枝。

皇帝揽着嬿婉，她像没了骨头似的，轻飘飘倚在皇帝怀里。皇帝行一步，她飘一步。

那冰雪浇顶的感觉不过一瞬，那种难过与不忿便散了许多。他镇定下来。她就是这样的人，他已经不是第一回知道了。

皇帝笑道："你今日来，就是为了得朕眷顾？"

嬿婉软绵绵道："臣妾是来得福气的。"

倒是凌云彻心底的错愕越来越多，嬿婉是如何来的？又怎会这般巧就得了皇帝的宠幸？

他见那一双身影越走越近，几乎没过了自己的身影。他极力克制着不抬头去看，想着今晚这般汤泉承幸，李玉那里定是还不知，若是知道，怎会轻易容了嬿婉进来。颖嫔、忻嫔那边想来也会很快知道，那皇后那里……

番外

金莲吐艳镜光开

嬿婉正与皇帝说笑，忽地看见了凌云彻，不知怎地，原本稳笃笃的心跳便漏了几拍。

他怎会在这里？方才里头的情形，他听到了几分？

她的脸腾地烧起来，几乎忘记了自己身在何处。该怎么对着眼前这个必须要讨好的男人笑？她的舌头发木，什么也说不出来。

皇帝唤了她两声，还是春婵解了她的围："小主这么病着还非偷偷跑来木兰围场。您真是……"

皇帝见她没什么精神，便也以为她只是抱病前来，也有些舍不得："是了。朕记得皇后说过，你病了。是什么病？"

春婵见嬿婉笑容勉强得张不开似的，又见凌云彻在旁，心中明镜似的，便答道："皇上，小主一直见不到您，相思成疾，本要送回紫禁城养病。可小主太过思念您，便冒死来了木兰围场，想见您一面。"

她顺势扶住了嬿婉的手臂，轻轻一托，嬿婉极力回过心神，楚楚道："臣妾一心惦念皇上，想着若不见上皇上一面，哪日撑不住，岂不终生抱憾？所以拼着一死，来了木兰围场。"

皇帝便要去传太医，嬿婉哪里肯，只得紧紧依在了皇帝身边："臣妾只是思念过甚，忧思伤肝。有皇上龙气庇体，什么病也好了。"

她恨不得黏在皇帝身上，逃也似的离开了凌云彻视线所在。也许如此，才能逃离了自己每回婉转承恩、费心媚上却被他尽数看在眼里的尴尬与不堪。

也许唯有逃离他，才是真正地逃离了过去。才能明明白白地告诉自己，能做的，唯有是皇帝的妃子，一个得宠的妃子。

皇帝毫不知情，只是挽紧了她，像是挽住一只翩翩花丛的蝴蝶，引着去了金莲花深处的行围。

059

后宫·如懿传

RUYI'S ROYAL
LOVE IN THE
PALACE

番外·人在蓬莱第几宫

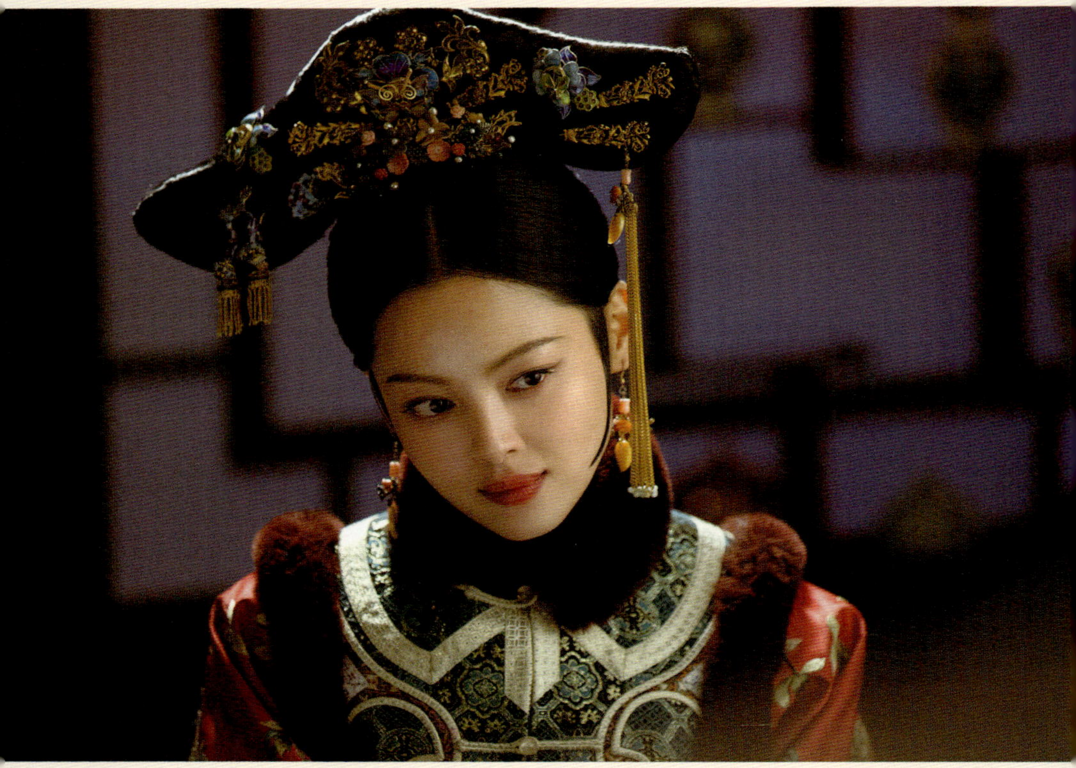

粉墙花影自重重，帘卷残荷水殿风，抱琴弹向月明中。香袅金猊动，人在蓬莱第几宫。

人在蓬莱第几宫呢？玉妍痴痴地想。

她伫立在芙蓉池前，午后的风略带凉意缠绵入衣袂，牵起她芙蓉色长裙，温柔不去。

其实玉妍的容色极明丽，恍若玉山山峦上常开不败的杜鹃花，灼灼似云蒸霞蔚，照亮最暗沉的天际。这样艳的面孔，其实不适合这样粉红蛾绿的娇嫩颜色。相比之下，最明亮的石榴、品红、青葱、油绿会更适合她皎洁嫣然的面庞。

可爹爹与娘亲希望她是温婉的，柔弱的，尤其是在见到世子李尹的时候。

这回相见是李尹所约，约在后苑的芙蓉亭前。芙蓉亭前有一汪碧水，彼时秋分将至，芙蓉池早不见了芙蓉映日，莲叶青碧的时节，唯有残荷寥落立于水上，萎黄如破蒲扇一般。

她想起上一回见到李尹是在七夕，那时水中芙蓉开得最盛，深红浅红，曼妙生姿。

那时他便轻握她手，赠她一枚玉环。那是北族独有的黄玉，质地细润，色泽金黄。他将玉环郑重地放在她掌心："我以此心，赠我玉儿。愿你我有如此环，圆满不断。"

玉儿，是他对她的独有的称呼。不似爹爹与娘亲，总是唤她"阿妍"。

她喜欢他这样唤她，玉儿，玉儿。

她是明白他的心的，几乎无人不明白，这位金氏家族的长女，深得王妃青眼，更得世子爱怜，很快就会成为世子府的正妃，为世子嫔。

北族是北地大族，是中原皇帝巩固北方最重要的部族，一直以来很得皇帝看重。北族王爷的地位举足轻重，而他膝下只有这一独子，玉妍璀璨的未来，几乎是一眼望得见的。

也是，她是这样美。从及笄开始，就是北族最耀目的美人。

纳采、问名、纳吉、纳征、请期、亲迎，都可以开始了。为何他忽然要见她呢？大约，他是想她了吧。

她立在桂花树下，彼时翠叶生生，金蕊含芬，浓香几能醉人。她蓦然想起幼时学过的一首诗：南山有桂树，上与浮云齐。上巢双鸳鸯，下合连理枝。不夭亦不伤，千载当若斯。

不夭亦不伤。多好，那会是她与他情投意合的一生。

李尹很快到来，她欣喜地抬起眼。他白净清俊，眉目如画的面孔便生生撞入她的眼帘。但她很快发觉有些不妥，他的脚步有些沉，不似往日那般轻快。他的面庞有些阴郁，不似往日那般笃定自若。他长长的睫毛低低垂着，投下一抹淡淡的阴翳。

那阴影，让他显得很低沉。

气氛并不似往日那般松快。可他看她的眼神还是爱怜的，仿佛她是一块稀世珍宝，让他舍不得有片刻挪开眼。

风簌簌的，吹落金黄的桂花落雨。她低下头去，目光凝结于齐胸罗裙上所绘的并蒂芙蓉，花开两朵，相生相依，是那样欢喜的图样。

她听得他说，玉儿，我送你的玉环呢？她珍重地取出，是贴身戴着的呢。每戴一日，那思念便沉重一分。可他说，还给我吧。

她还来不及诧异，他的泪已经落下，濡湿在她的手背。

她吓坏了。世子，至高无上的世子怎会那么难过呢？

他说，玉儿，你去大清吧。嫁给大清的宝亲王，为他侍妾，做他的格格。

明明是晴媚的天气呀，却忽然滚了雷，闪了电。

她学了那么多，学诗书，学北琴，学长鼓舞，学修容色，一直都以为是为了他，是为了更好地在他身边，成为他的妻。到头来，是要将这一身，付与他人。

她根本反应不过来，泪扑簌簌地落下。

风也簌簌的，吹得池中残叶漂浮不定，身不由己似的。

他与她，都身不由己。

那是王命。北族的王爷听闻大清的宝亲王要娶妻。那宝亲王，是皇子里第一个封亲王的，几乎就是昭告天下，那是未来的太子人选。

嫁给他，就是嫁给大清未来的皇帝，入他后宫，为他妃嫔。

她本能地抗拒，可是有什么用？她是臣女，他是世子，他们的一生，只能服从于北族。而北族，是要臣服于大清。

他泪眼相对。

他说，玉儿，满蒙百年联姻，才得壮大，我们不能落于人后。

他说，玉儿，我舍不得你我之情，可舍不得也得舍。大清后宫要有北族的女子，要生下北族血统的皇子，为北族求得更荣耀稳固的地位。

他说，与其委屈她在北族做一个小小的世子嫔，不如去大清，为北族争得骄傲。

他说，玉儿，你是北族所有的希望。有你，北族便不会永远只是一个臣服于大清的部族。

到底是为北族争得骄傲，还是满足上位者的野心，她很清楚，却不愿意再去细辨。因为，她根本舍不得拒绝他。

他是世子，有他的责任。她是臣女，亦得有她的担当。

玉环脱手还他的那一刻，她的真心也从此脱了去。

她说，此生此世，勿要将此环再赠他人，只当是玉妍留给您的一个念想。

他说，此生此世，哪怕另娶旁人，心系此环，终生不忘。

她落下泪来。有他这句话，她便什么都可以去。

芙蓉亭呵，是最后一次来了。

呵，人在蓬莱第几宫呢？末了，是要她远离悠然蓬莱，去了一道修罗场。

临别是在下一个春天。

过了秋与冬，他亲自派人教她大清的规矩与礼仪，教她如何在妻妾群中自处、自保，再去争得想要的东西。他要她成为宝亲王府最艳丽的一枝北族杜鹃。

春日迟迟呵，马蹄声声。杜鹃花开满北地时，离别终是来了。

还是他，亲手将一枚平安玉扣交到她手里。玉儿，我只盼你如同此扣，永得平安。我不在之日，盼它陪你，岁岁朝朝。

她死死地将玉扣握在手心里。玉是那样凉，和她心底的温度一样。

永失所欢，便得平安又如何？

最后，他说，玉儿，你得走了，能不能对我笑一笑？

她掀起马车的帘子，心中哀痛难言，几如刀割，可对着他的请求，她实在无法拒绝。

她是爱他的，所以永远对他的要求舍不得回绝分毫。哪怕心已成齑粉，还是会忍着疼痛，对他露出最无瑕的笑容。

明快的笑意在那一瞬间照亮了如晦的风雨，她的面容欺霜赛雪，犹如晓露艳阳下的一朵白杜鹃，纯洁明净。

那是她在北族最后的笑容，真心的，挚爱的。

后来呵，她的一生，在不爱的男人身边，都不会再有这样的笑容。

车轮辘辘辗过北地细雨与熹微晨光，向南驶去。北族寒山巍峨，含翠顶雪于身后，越来越远。

她及时地掩住了眼角将要涌出的泪水。她的身上，是他和北族所有的期望。她再不能有眼泪，是为了他，去修罗场里，轰轰烈烈地厮杀一场。

她紧紧握住了玉扣，神色凄楚而坚定。

有杜鹃凄婉声声，似是在送她，每一声啼唱都是她的滴血如泣：不如归去，不如归去……

可她再明白不过了，今生今世，再也不得归去了。

后宫·如懿传

Ruyi's Royal
Love In The
Palace

番外·万寿长夜岁岁凉

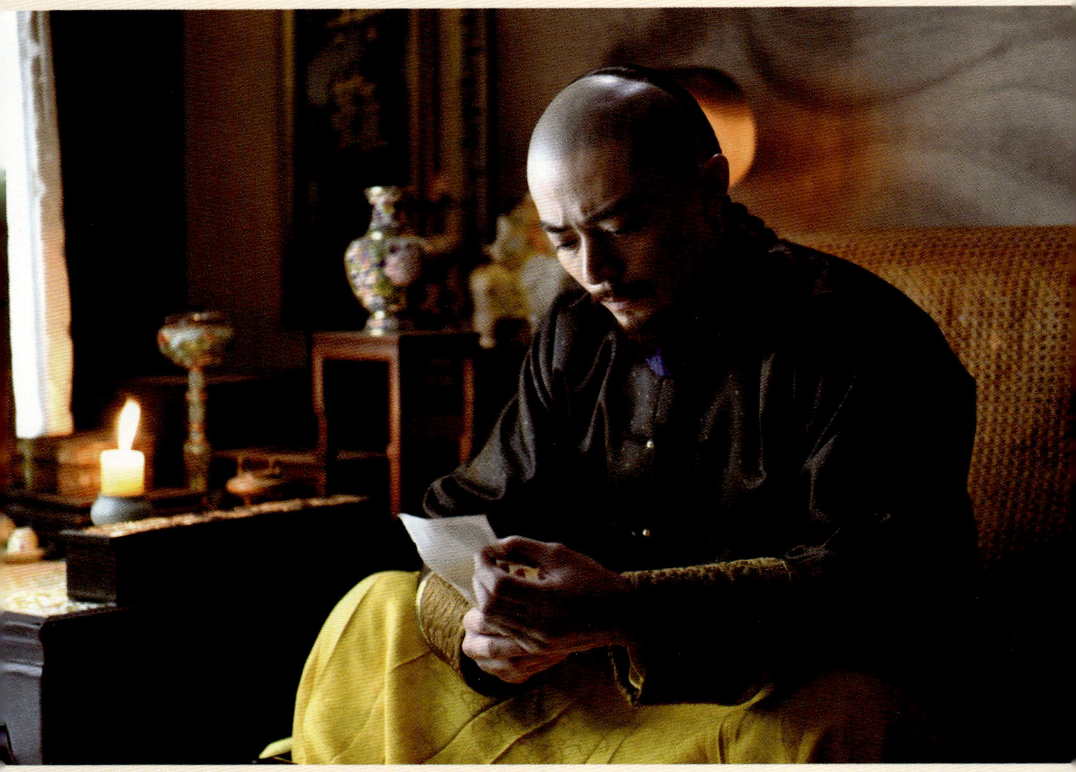

夜风沉缓地吹拂，空气中绵密的花香软软地缠上身来，与酒意一撞，皇帝更觉得心中沉突，整个人醺醺欲睡去。

总管太监李玉的步子迈得又快又稳，一壁轻声督促着抬轿的小太监们："稳着点儿，别摔着了皇上。"

皇帝蒙眬中扶着头，含糊地问："到哪儿了？"

李玉含笑答道："皇上，到西六宫的长街了。"

皇帝轻轻"哦"了一声："是西六宫。李玉，朕仿佛有点儿醉了。"

李玉忙恭谨着："皇上安心，您一早翻了颖贵妃的牌子。奴才已经去通传了，这个时候颖贵妃已经备下了醒酒的汤药在养心殿等着您呢！"

皇帝"唔"了一声，缓缓道："停下！"

李玉满心诧异，却不敢多言，忙一甩手中拂尘，示意抬轿的太监们放落了轿辇。李玉凑上前："皇上，您喝了酒，还是让奴才们抬着您走吧。"

皇帝伸出手，李玉忙伸手扶住，皇帝道："朕觉得酒劲儿上来了。李玉，你扶着朕走一会儿。"

李玉忙躬身道了声"是"，悄悄儿朝后脸一扬。后头跟着的四个小太监会意，便隔了十步之遥，轻悄跟在二人后头。李玉稳稳扶住皇帝的手臂缓步往前。

皇帝不说话，李玉更不敢说话，也不知皇帝想去哪里，只好默然跟着。月色澄明如清波，温柔浮溢四周，连长街两侧的朱红高墙，也失了往日的沉严肃穆，显出几分娇柔。

皇帝抬头望着月亮，似乎是自言自语："今儿的月亮真好。"

李玉忙笑："皇上是天子，今儿是您的万寿生辰，当然连月亮也要来助兴，格外亮堂些。"

皇帝微微一笑："是啊，今儿是朕的生辰，再过两天就是八月十五中秋，人月团圆，都是好日子。"

李玉见皇帝凝神望月，嘴角仍带着笑意，不知怎地，心里一突，便有些不自在起来，于是赶紧劝道："皇上，时辰不早，您今儿高兴多喝了点酒，仔细被风扑着，伤了龙体。"

皇帝摇摇头："酒酣耳热，朕不会凉着。"

李玉悄悄看了皇帝一眼，参着胆子劝道："皇上，颖贵妃娘娘在养心殿等着您哪！"

皇帝冷淡道："让她等着。"

李玉暗暗纳罕，颖贵妃巴林氏乃蒙古贵女，入宫数载，颇得皇帝恩幸。便连皇贵妃魏氏所生的女儿七公主，也交由她抚养。尤其是乌拉那拉皇后过世之后，寻常嫔妃难得见皇帝一面，这位颖贵妃却常能陪皇帝说话，宠遇可见一斑。而今日皇帝这样抛下她不顾，却是从来未有之事。

李玉见皇帝信步往前，环视周遭一眼，忽地想起一事，心中没来由地一慌，脚下都有些跟跄了。

皇帝漫不经心地道："叫跟着的人都退下，朕见了心烦。"

李玉不敢怠慢，忙回头扬了扬拂尘，四个小太监便躬身后退下去。

李玉上前扶住皇帝的手，皇帝慢悠悠走着，兀自说："今儿是朕的生辰，朕真高兴。"

李玉忙接口："高兴高兴。"

皇帝含着笑意："朕有那么多的阿哥、公主，一个个活泼泼的，又聪明又伶俐。"

李玉道："更难得的是阿哥和公主们都有孝心，尤其是几位阿哥，特别出息。十一阿哥文采风流，写得一笔好书法，今日为皇上献上的《百寿图》，可真是十一阿哥的一片孝心；就是十五阿哥，虽然年纪小，可当真有志气，能把皇上的御诗一字不差地背下来，啧啧……真是能干。"

皇帝轻嗤一声，带了几分嘲讽之意："是啊。朕有那么多的皇子和嫔妃，个个貌美如花，聪明能干。"

李玉不知皇帝何意，只赔笑说："皇上的嫔妃们不仅貌美贤惠，而且今日万寿节都为皇上进歌献舞，当真才貌双全。"

皇帝闭上眼睛："可不是？个个都顺从着朕，体贴着朕。只有颖贵妃还直爽些。"

皇帝晃一晃头，脚步有些不稳，李玉急道："皇上，皇上您当心着。"

皇帝摆了摆手："顺从体贴自然是好，可朕怕啊，怕这顺从体贴下面是说不出口的腌臜心思，污秽手段。朕想一想，就觉得恶心。"

李玉忙笑道："皇上多虑了，后宫的小主们怎么会是这样的呢？哪怕真有一两个心术不正的，皇上圣明，也一早处置了。"

皇帝低头看着自己的影子："所以，朕喜欢年轻的女人，心眼儿干净、清透，想说什么自然会说。哪怕有点儿小心思，也藏不住。"

李玉忙忙点头："皇上说得是。"

皇帝缓步走着，李玉赔笑道："皇上，再往前就是绛雪轩，那儿没什么人住呀。"

皇帝瞥了他一眼，淡淡道："李玉，你跟了朕几十年，如今倒越发会当差了。"

李玉膝盖一软，连忙跪下："皇上恕罪，皇上恕罪。"

皇帝轻哼一声，也不理会，径自向前去。李玉跪也不是，站也不是，眼见皇帝越走越远，他咬了咬牙，夯着胆子小跑着跟了上去。

四下里的甬道太过熟悉，连每一块引他向冷宫的青石板上的花纹，他都烂熟于心。皇帝怔忡地走着，越走越快。等到了"绛雪轩"三个金漆大字前，皇帝才猛然刹住了脚步。酒意沉突涌上脑门，皇帝只觉得心口一阵一阵激烈地跳着，脚步却凝在了那里。

绛雪轩的海棠与梨花早就凋谢了。

可他恍惚间，觉着那花儿都还盛放着。他就在那时节，将如意亲自交到她手中，选了她为嫡福晋。

当然，这事并没有成，几经周折，她还是成了自己的侧福晋，委屈了名分。

恍惚还是帝后情睦的岁月，如懿初为皇后。过了那么长的时光，越过了那么多人，她终于走到和自己并肩的地方，成为自己的妻子，而非面容鲜妍而模糊的妾室中的一个。这是他许她的。在自己还是阿哥的时候，他太知道自己虽为帝裔，却出身寒微，连亲生父亲都隐隐看不起自己，对他避而不见。所以他有了熹贵妃这位养母，所以他拼命孝顺这位为他带来荣耀家世的养母。他费尽心力用功读书，只为争得属于自己的荣耀。

那个时候，他有出身名门贵族的嫡福晋富察氏，也有了大学士之女，温柔婉媚的高氏。那些高贵而美丽的女子，那些深受家中宠爱的女子，都是父母所赐。他在欢好之后只觉得疏离。她们跟自己的心，到底是不一样的。只有如懿，那时她还叫青樱，是她心中所念的女子，她是先帝乌拉那拉皇后的侄女。这重身份，却在后来的日子，成了她的最大的尴尬。

因着先帝乌拉那拉皇后的晚年凄凉，因为乌拉那拉皇后败在当今太后手中，所以青樱入宫后的日子，很不好过。她被冷落了好些年。可他心里还是挂念着青樱，因为他们相伴多年，深知彼此心性，又真正和自己一样，是富贵锦绣林中心底却依然孤寒之人。

所以他加倍地给予她荣耀，在她失去嫡福晋之位后，又给予她皇后之位。

曾经，也有过琴瑟相谐。而最美好的最初的时光，都停留在了翊坤宫的岁月。

那时，她与他是多么年轻。人生还有无数明灿的可能，他们都真诚地相信，可以一起走到岁月苍老的那一日。

皇帝伸出手，爱惜地抚摸在绛雪轩的大门上。

触手扬起的轻灰令皇帝忍不住咳嗽。他仔细看去，才发觉门上红漆斑驳，连铜钉都长出了暗绿的铜锈。墙头恣意生长的野草，檐角细密的蛛网，都是那样陌生而寥落。

已经很多年无人在这里选秀了。难怪，庭院深深，都会老去。

可是宫廷的冷落，他最清楚不过了。万人之上的他，坐拥天下的他，何尝不也是在年幼时受尽白眼，若不是乳母庇护，又有了熹贵妃的抚育，他何曾能有今日？

所以，他太清楚如懿的骄傲，太清楚该如何挫磨她的骄傲。

哪怕是皇后，也要屈膝在皇帝之下，俯首恭谨。

可是如懿，她有那样锐利的眼神。恰如她断发那一日，如此决绝而凄厉。

万事，终于不可再回转。

皇帝静静地伫立在门前，良久，只是默然。

月亮渐渐西斜，连月光也被夜露染上了几分清寒之意。

李玉跪在皇帝身后不远处，连膝盖都麻得没有感觉了。只依稀觉得冷汗流了一层又一层，仿佛永远也流不完一样。

他是不该看见的。就好像，皇帝也不该过来这里。

绛雪轩，那是他与她曾经最幸福的开始，也是所有悲剧的开始。在这样普天同庆的万寿节里，在即将花好月圆的中秋夜前，皇帝却在绛雪轩的门前，迟迟徘徊，不愿离去，想起了那个本该厌弃的女人。

也不知过了多久，夜露浸染了霜鬓，李玉才觉得有些凉意。他犹豫了半日，终于咬着牙膝行到皇帝跟前。李玉拼命磕了两个头，方敢极低声地说话："皇上，已经二更了。"

皇帝只是默然不动，仿佛整个人都定在了那里。

李玉眼见皇帝的袍角已被露水浸湿，心中更是惊惧，立刻俯首在地："皇上，宫中人多口杂，万——……快中秋了，您要伤了龙体，太后问起来，奴才担当不起。"

他不敢再说下去，只是叩首不已。

片刻，皇帝叹了口气。那叹息极轻微，像一阵轻风贴着墙根卷过，连李玉自己都疑心是否听错了。皇帝轻声呢喃："人月两团圆？呵，团圆？"

李玉吓得不敢抬头，终于听清皇帝说了两个字："回去。"

他挣扎着站起来，也不顾膝头酸痛，忙扶着皇帝的手去了。

墙头的野草轻悠悠地晃着，好像只有风来过。

附录·人物小传

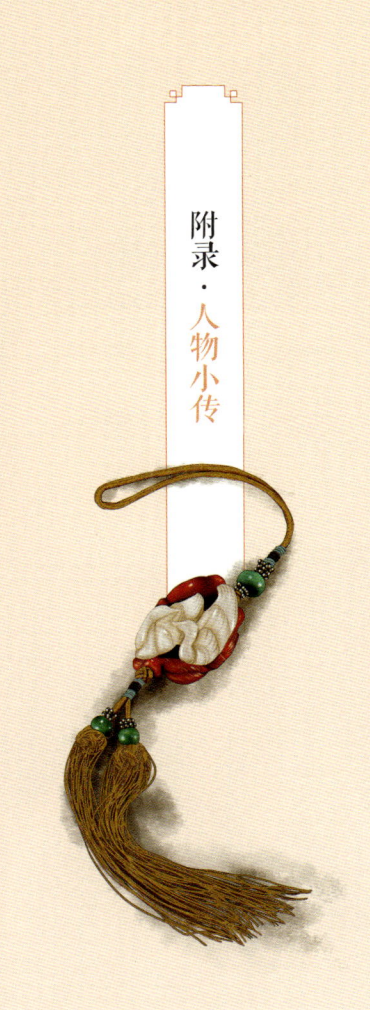

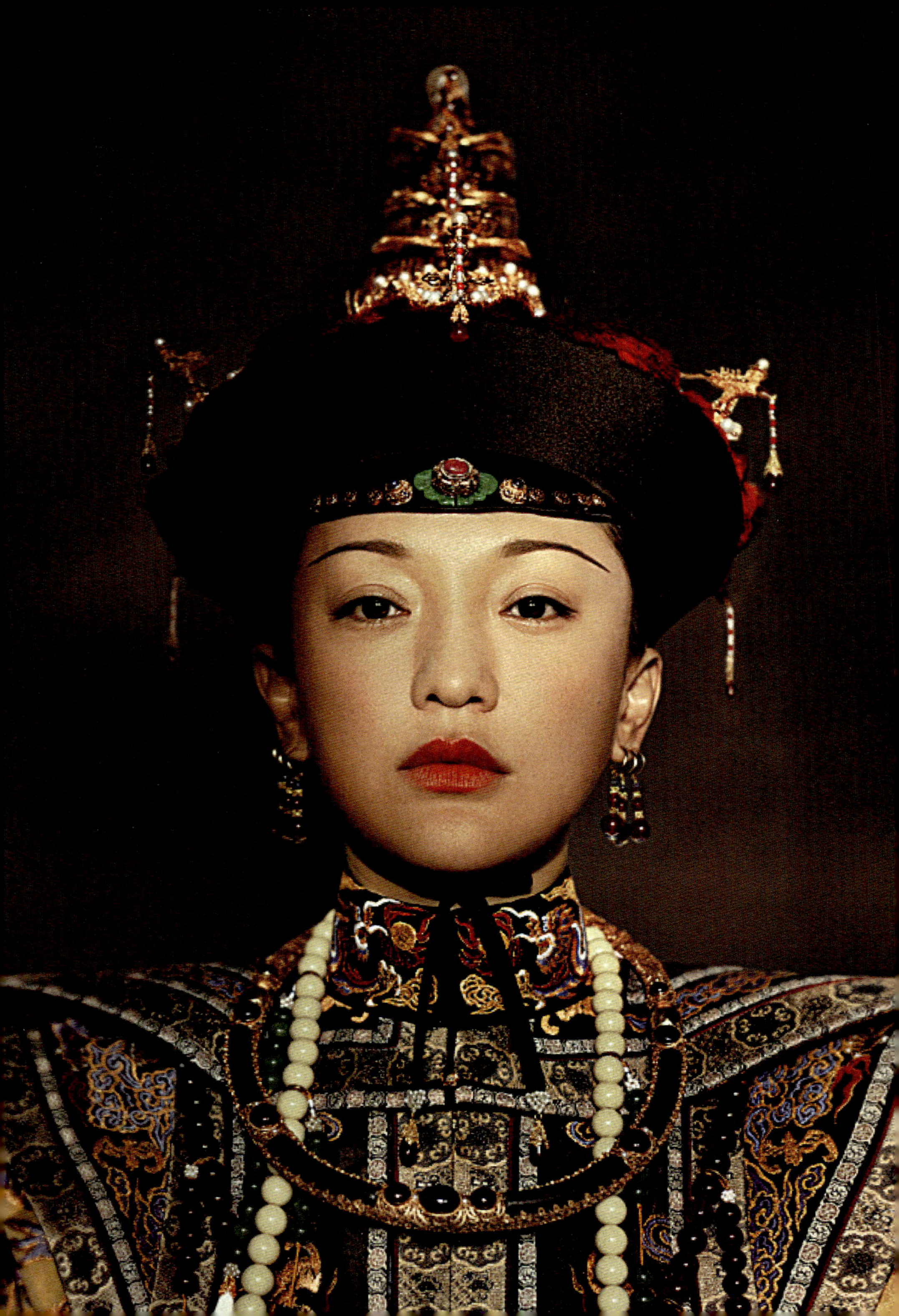

乌拉那拉·如懿

潜邸侧福晋，乾隆继后。

《清史稿》记载：皇后，乌拉那拉氏，佐领那尔布女。后事高宗潜邸，为侧室福晋。乾隆二年，封娴妃。十年，进贵妃。孝贤皇后崩，进皇贵妃，摄六宫事。十五年，册为皇后。三十年，从上南巡，至杭州，忤上旨，后剪发，上益不怿，令后先还京师。三十一年七月甲午，崩。上方幸木兰，命丧仪视皇贵妃。自是遂不复立皇后。子二：永璂、永璟。女一，殇。

四十三年，上东巡，有金从善者，上书，首及建储，次为立后。上因谕曰："那拉氏本朕青宫时皇考所赐侧室福晋，孝贤皇后崩后，循序进皇贵妃。越三年，立为后。其后自获过愆，朕优容如故。国俗忌剪发，而竟悍然不顾，朕犹包含不行废斥。后以病殪，止令减其仪文，并未削其位号。朕处此仁至义尽，况自是不复继立皇后。从善乃欲朕下诏罪己，朕有何罪当自责乎？从善又请立后，朕春秋六十有八，岂有复册中宫之理？"下行在王大臣议从善罪，坐斩。

079

懿恭婉順

鳳凰來儀

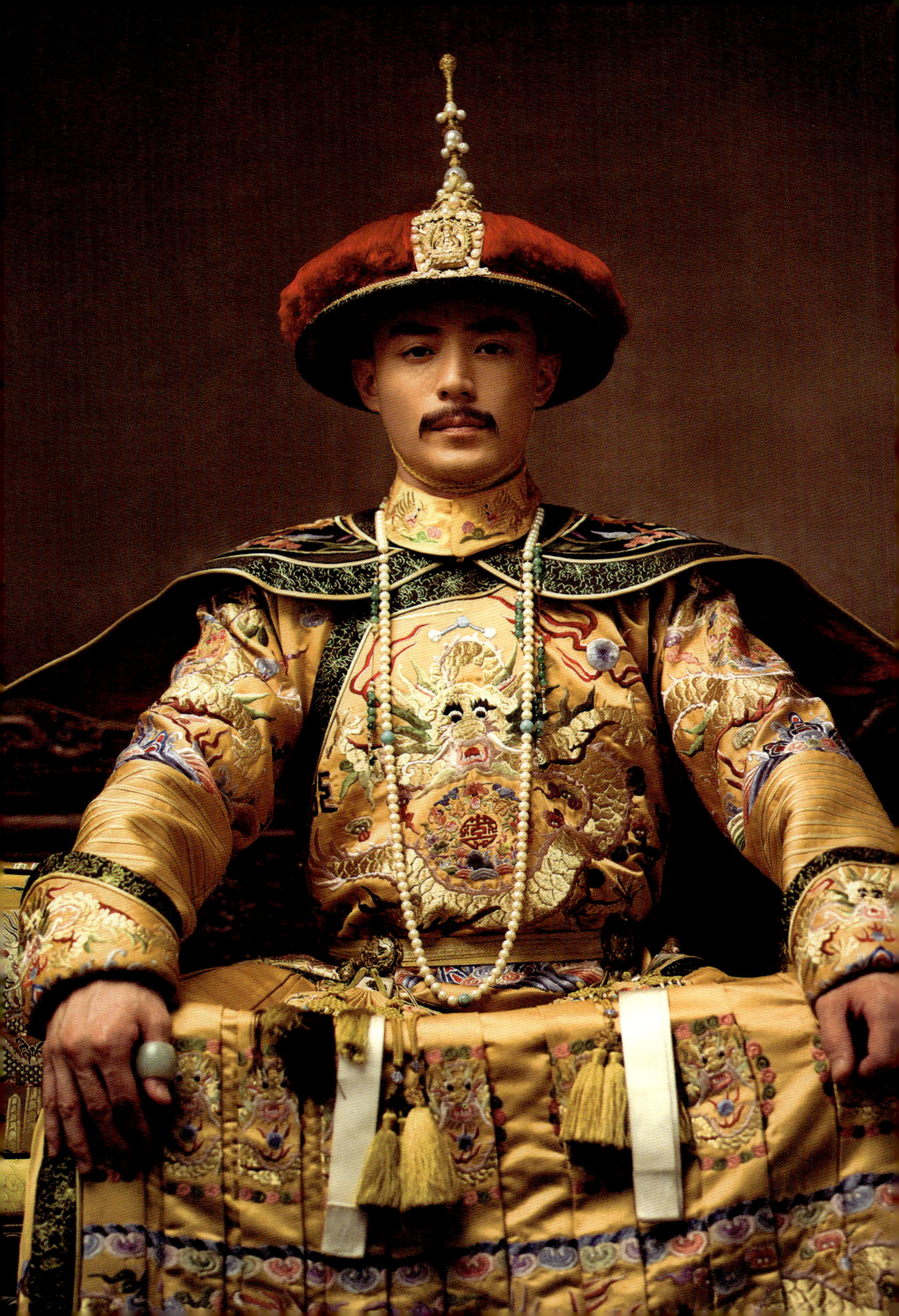

人物小传

爱新觉罗·弘历

生于一七一一年,逝于一七九九年。清朝第六位皇帝,在位六十年。

《清史稿·高宗本纪》记载:

高宗运际郅隆,励精图治,开疆拓宇,四征不庭,揆文奋武,於斯为盛。享祚之久,同符圣祖,而寿考则逾之。自三代以后,未尝有也。惟耄期倦勤,蔽于权幸,上累日月之明,为之叹息焉。

肇立乾申

德配乾元

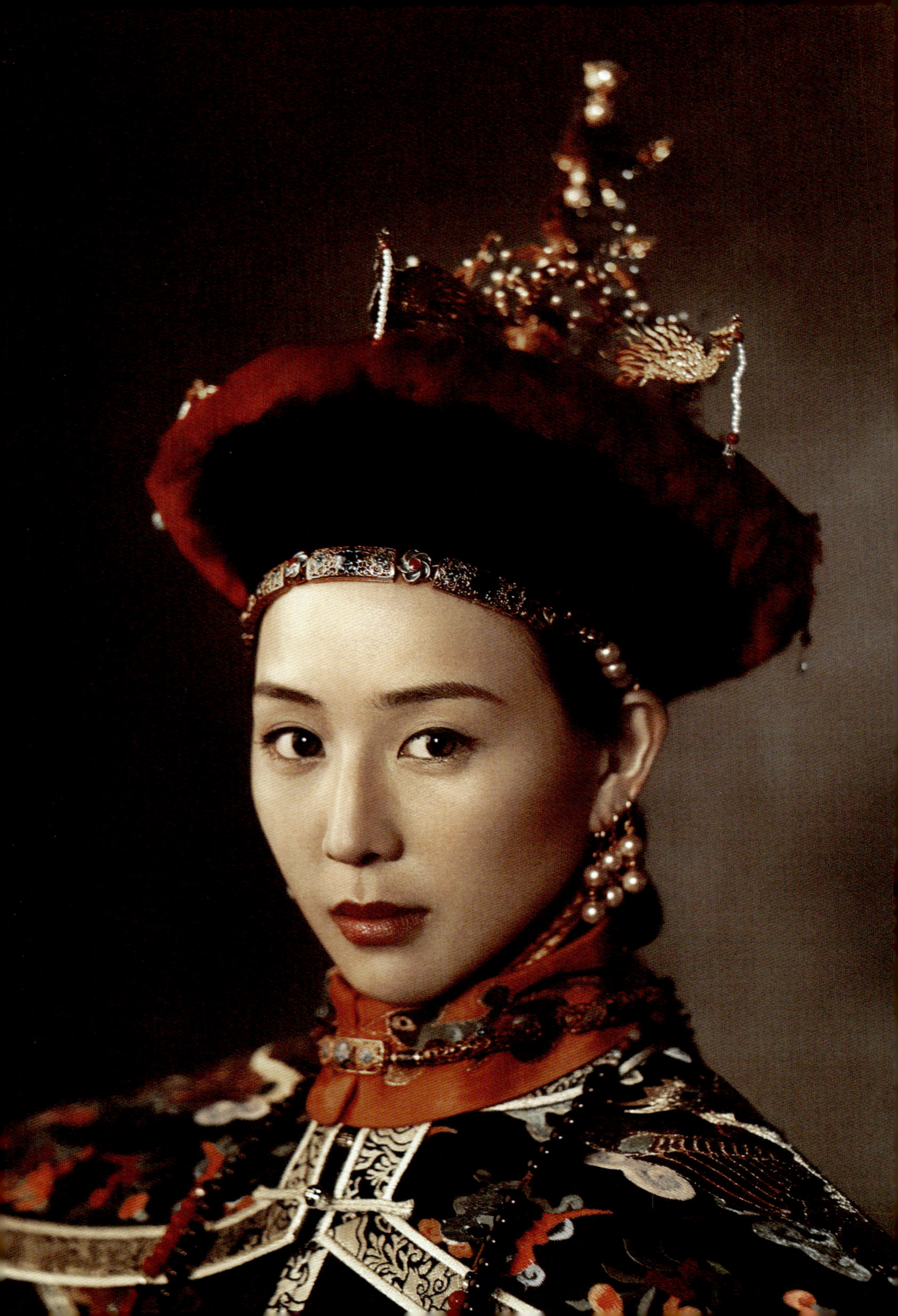

人物小传

珂里叶特·海兰

潜邸格格,乾隆登基后生下皇子永琪,由愉嫔至愉贵妃。

《清史稿》记载:

愉贵妃,珂里叶特氏。子一,永琪。

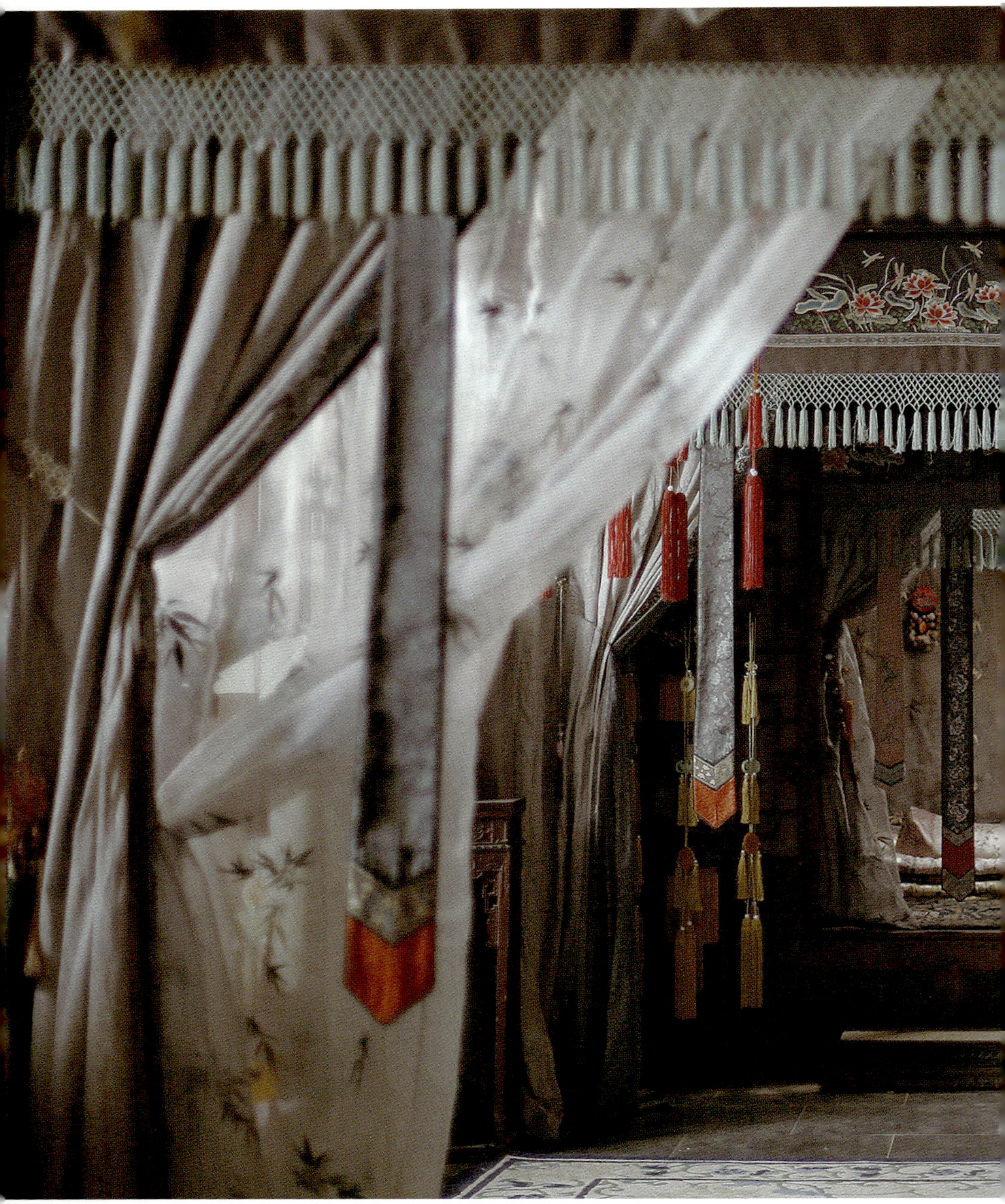

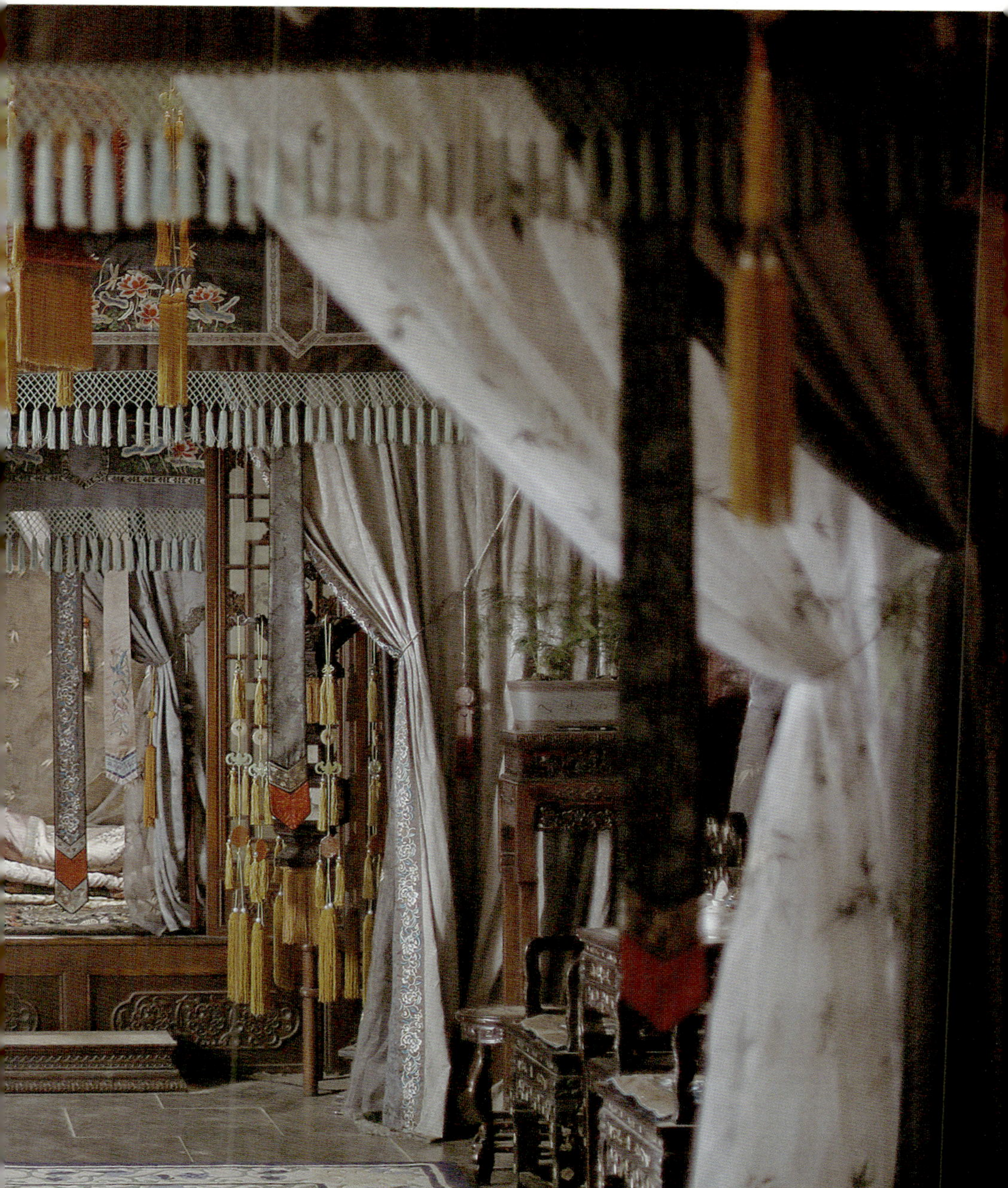

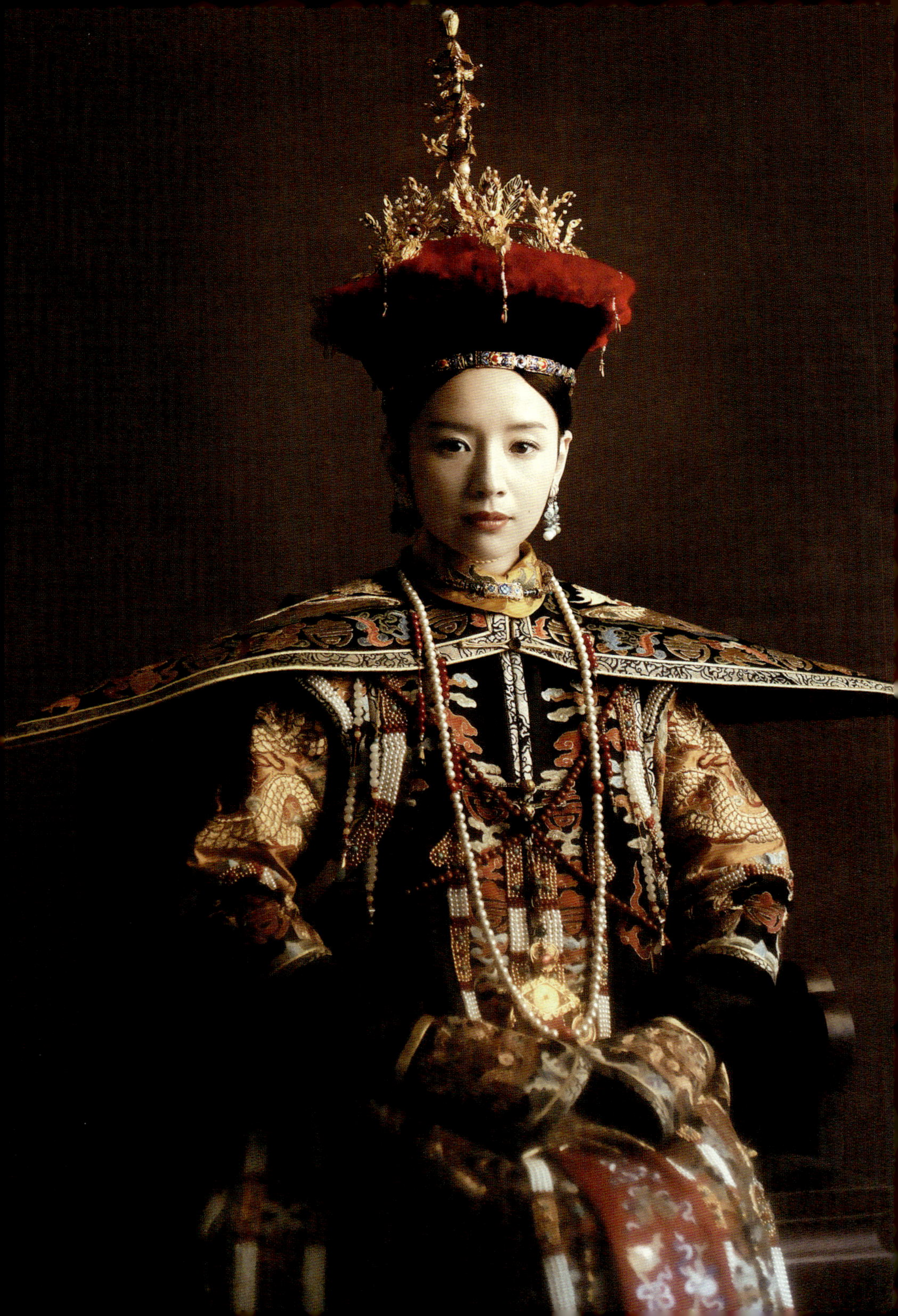

富察·琅嬅

出身满洲贵族官僚，祖父为康熙朝大学士，两位伯父均为朝廷重臣。

《清史稿》记载：

高宗孝贤纯皇后，富察氏，察哈尔总管李荣保女。高宗为皇子，雍正五年，世宗册后为嫡福晋。乾隆二年，册为皇后。后恭俭，平居以通草绒花为饰，不御珠翠。岁时以鹿羔沴毵制为荷包进上，仿先世关外遗制，示不忘本也。上甚重之。十三年，从上东巡，还跸，三月乙未，后崩于德州舟次，年三十七。上深恸，兼程还京师，殡于长春宫，服缟素十二日。

十七年，葬孝陵西胜水峪，后即于此起裕陵焉。嘉庆、道光累加谥，曰孝贤诚正敦穆仁惠徽恭康顺辅天昌圣纯皇后。子二：永琏、永琮。女二：一殇，一下嫁色布腾巴尔珠尔。

月朗風

德合

麟遊鳳

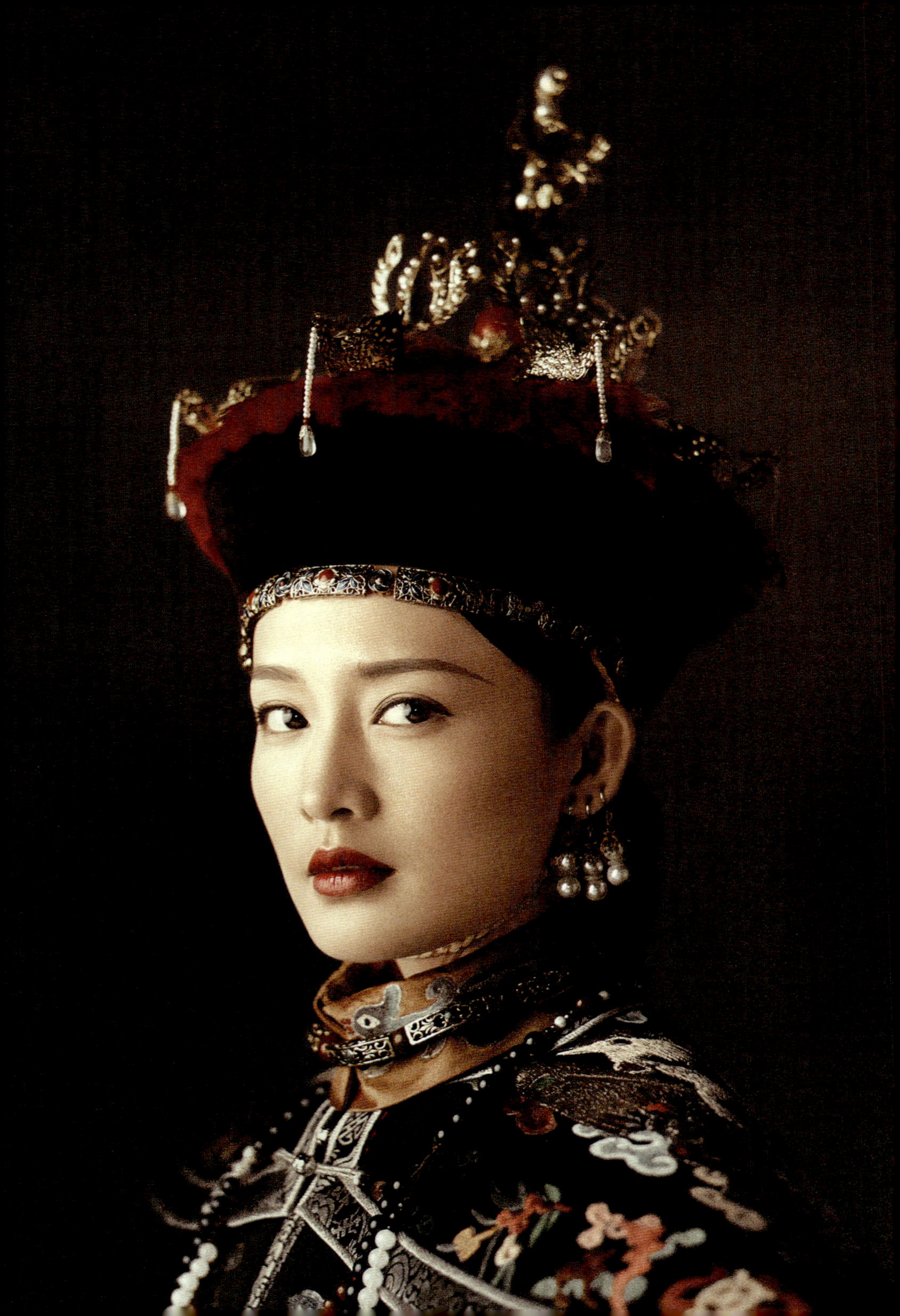

人物小传

寒香见

乾隆后期宠妃，由容贵人至容妃。

《清史稿》记载：

容妃，和卓氏，回部台吉和札赉女。初入宫，号贵人。累进为妃。薨。

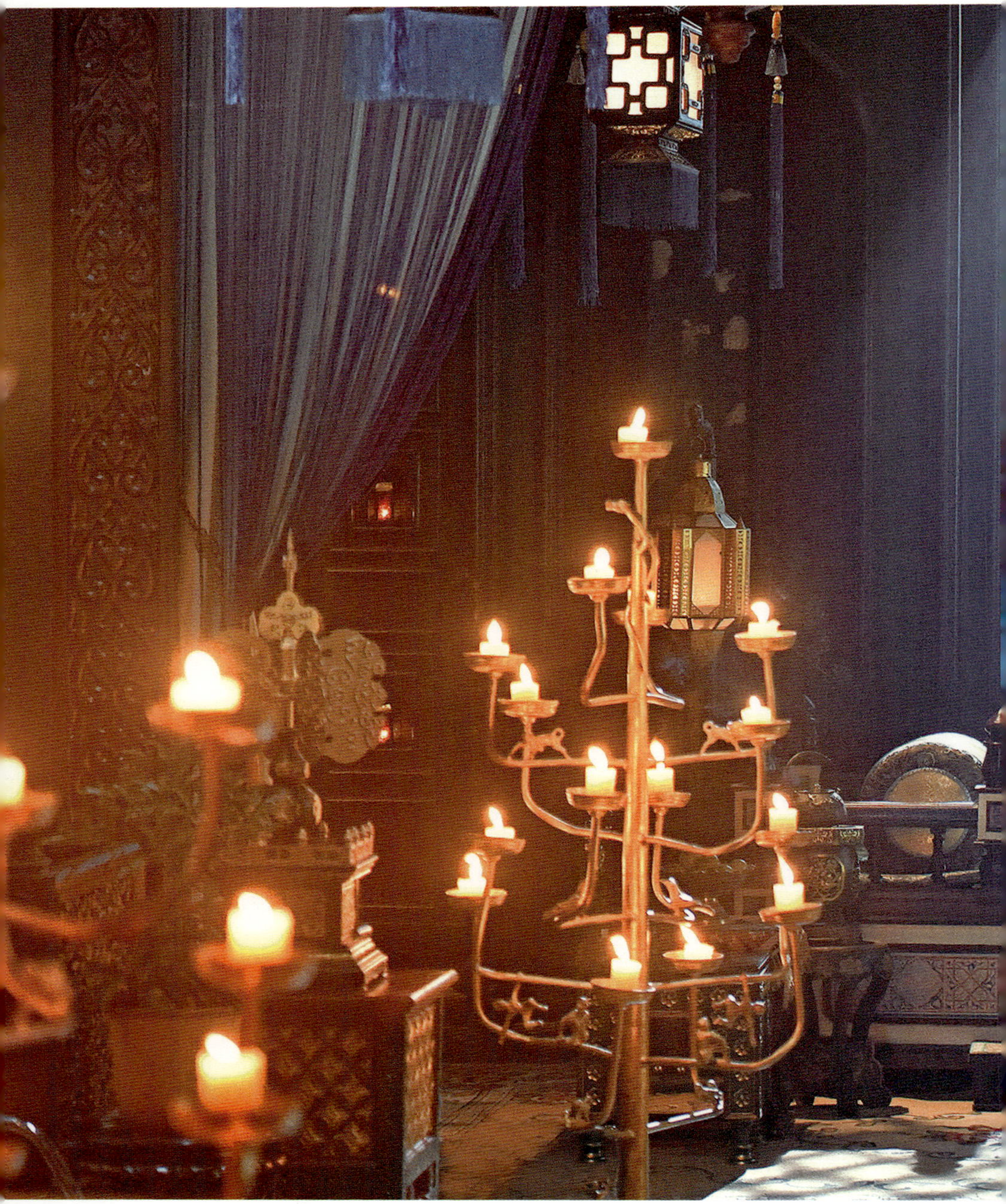

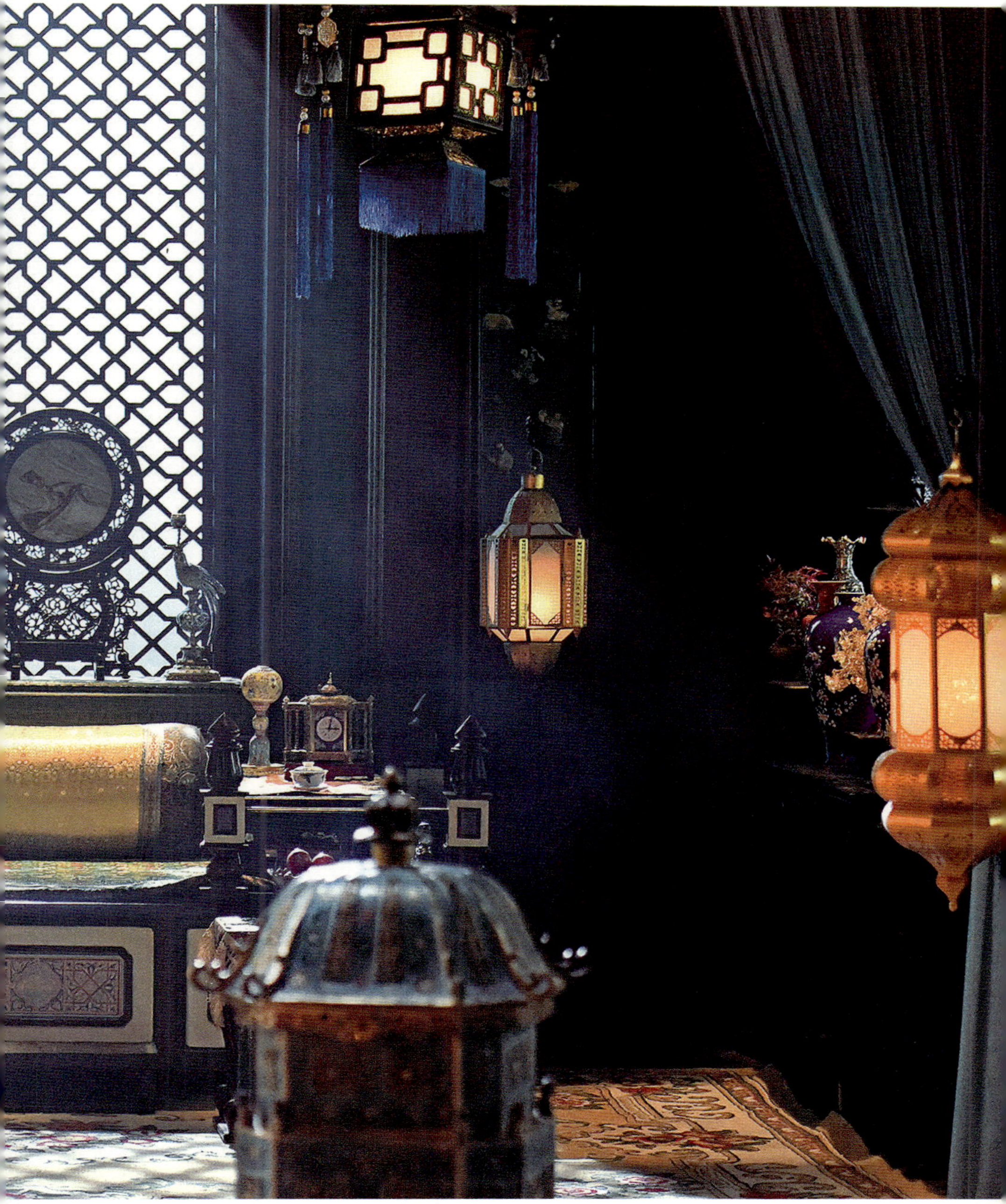

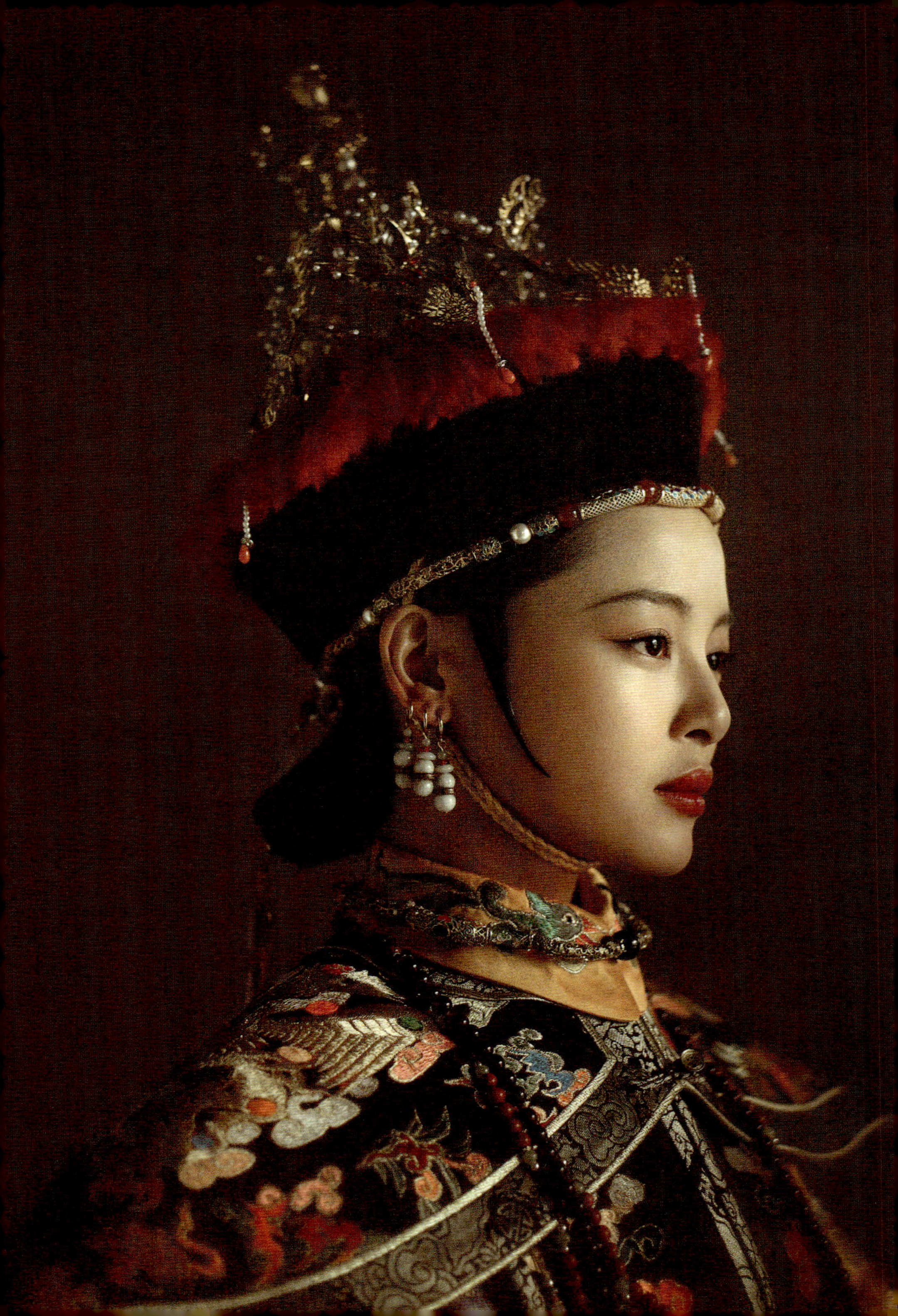

人物小传

金玉妍

潜邸格格，乾隆登基后由嘉贵人封至嘉贵妃。

《清史稿》记载：

淑嘉皇贵妃，金佳氏。事高宗潜邸，为贵人。乾隆初，封嘉妃，进嘉贵妃。薨，谥曰淑嘉皇贵妃，葬胜水峪。子四：永珹；永璇；永瑆；其一殇，未命名。

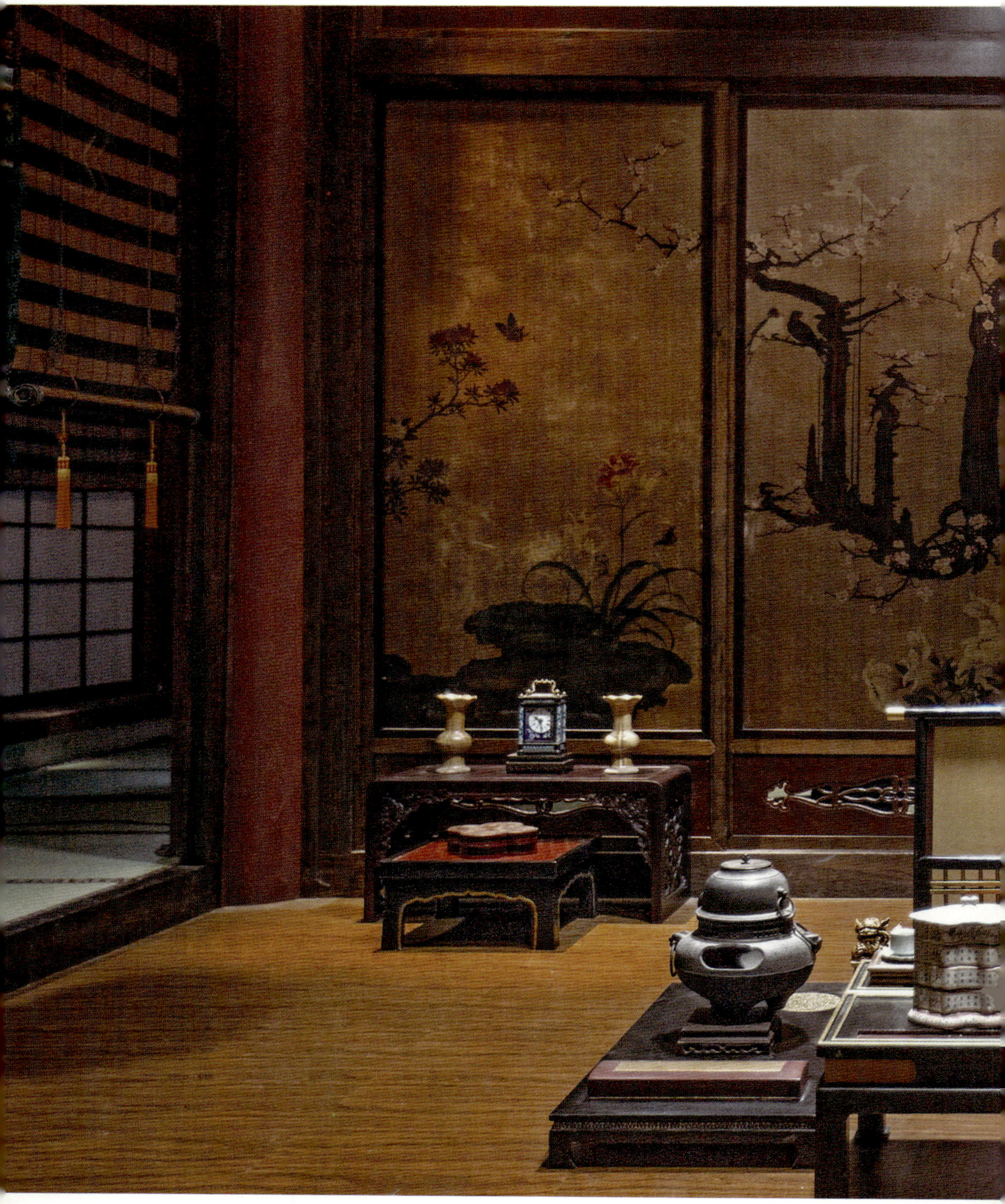

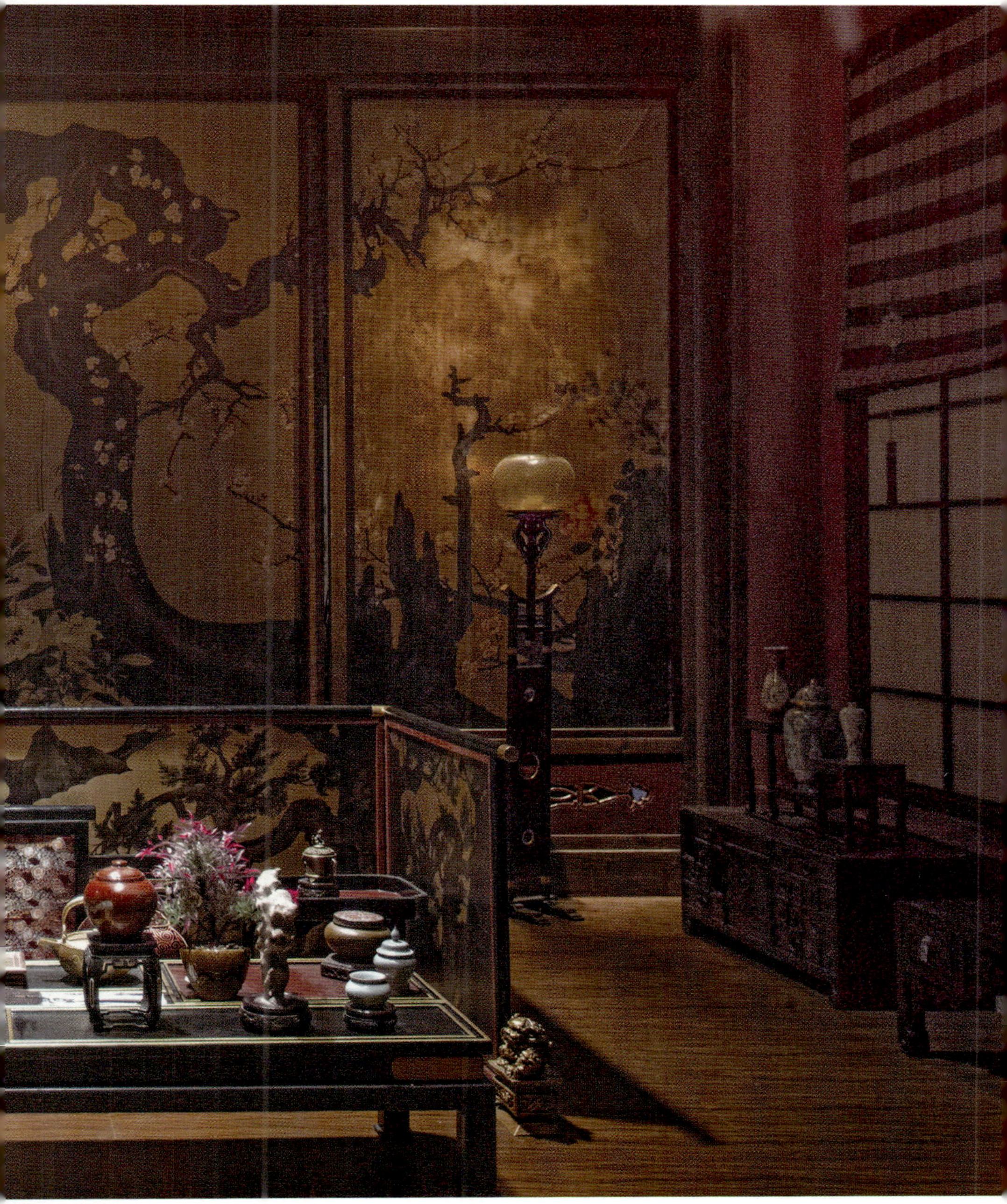

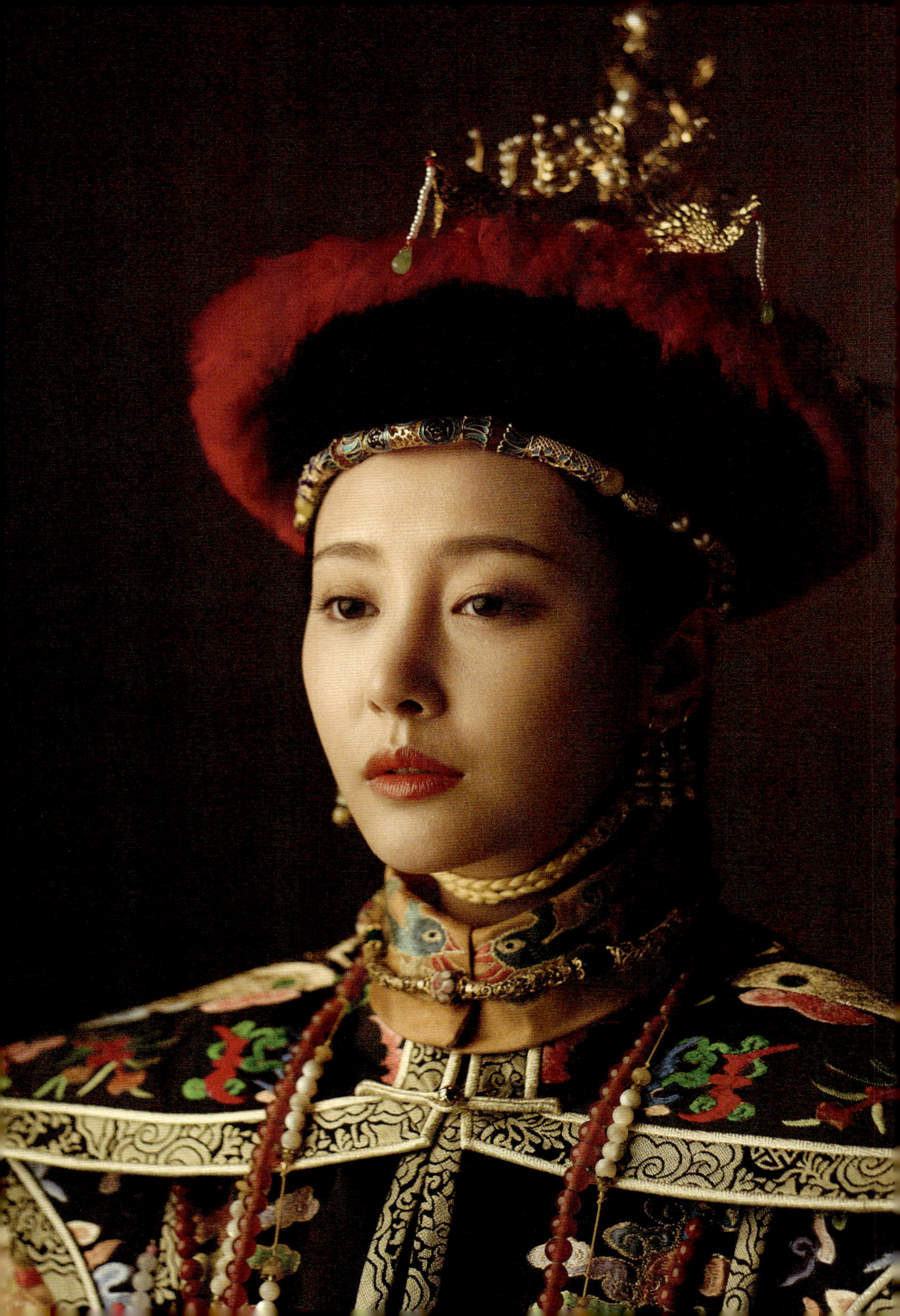

魏嬿婉

乾隆中后期宠妃。由贵人至令嫔、令贵妃、皇贵妃。

《清史稿》记载：

孝仪纯皇后，魏佳氏，内管领清泰女。事高宗为贵人。封令嫔，累进令贵妃。乾隆二十五年十月丁丑，仁宗生。三十年，进令皇贵妃。四十年正月丁丑，薨，年四十九。谥曰令懿皇贵妃，葬胜水峪。六十年，仁宗立为皇太子，命册赠孝仪皇后。嘉庆、道光累加谥，曰孝仪恭顺康裕慈仁端恪敏哲翼天毓圣纯皇后。后家魏氏，本汉军，抬入满洲旗，改魏佳氏。子四：永璐，殇；仁宗；永璘；其一殇，未命名。女二，下嫁拉旺多尔济、札兰泰。

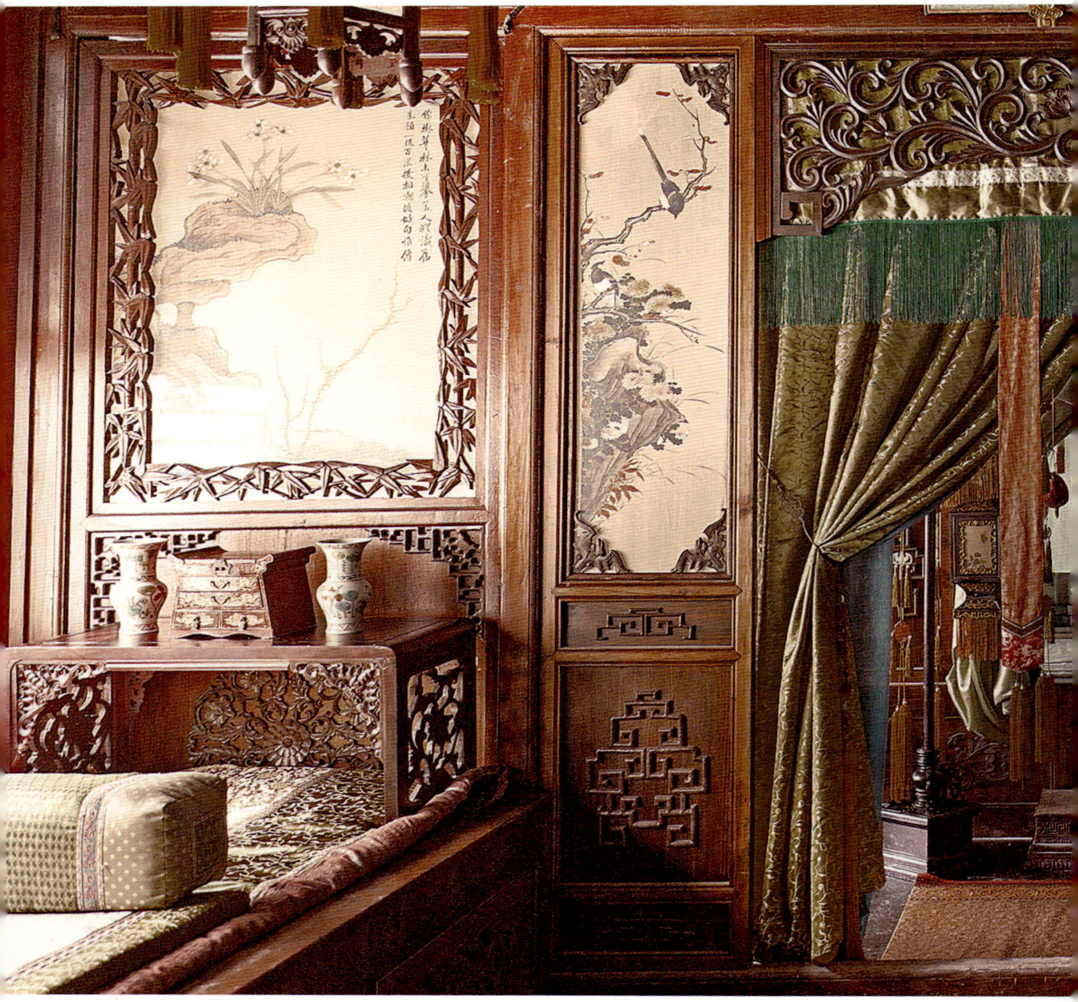

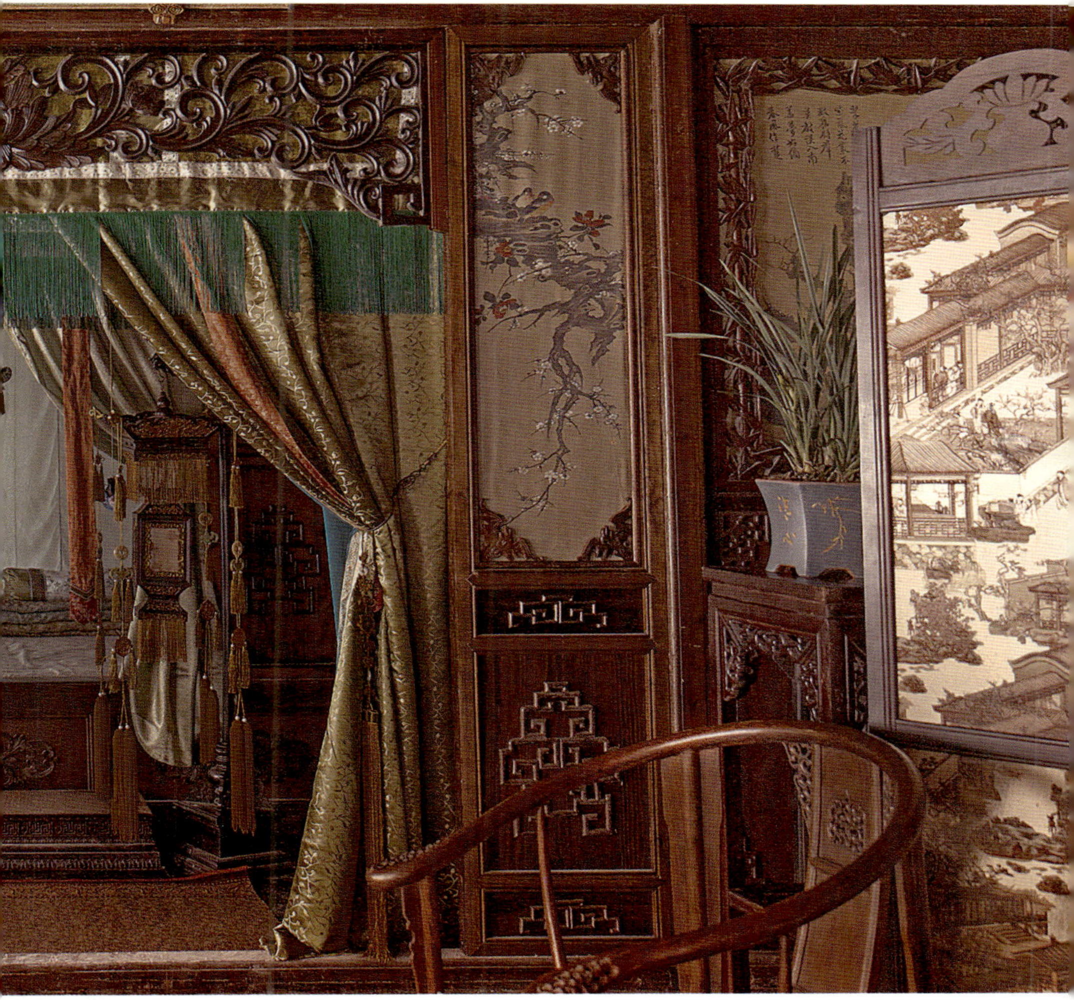

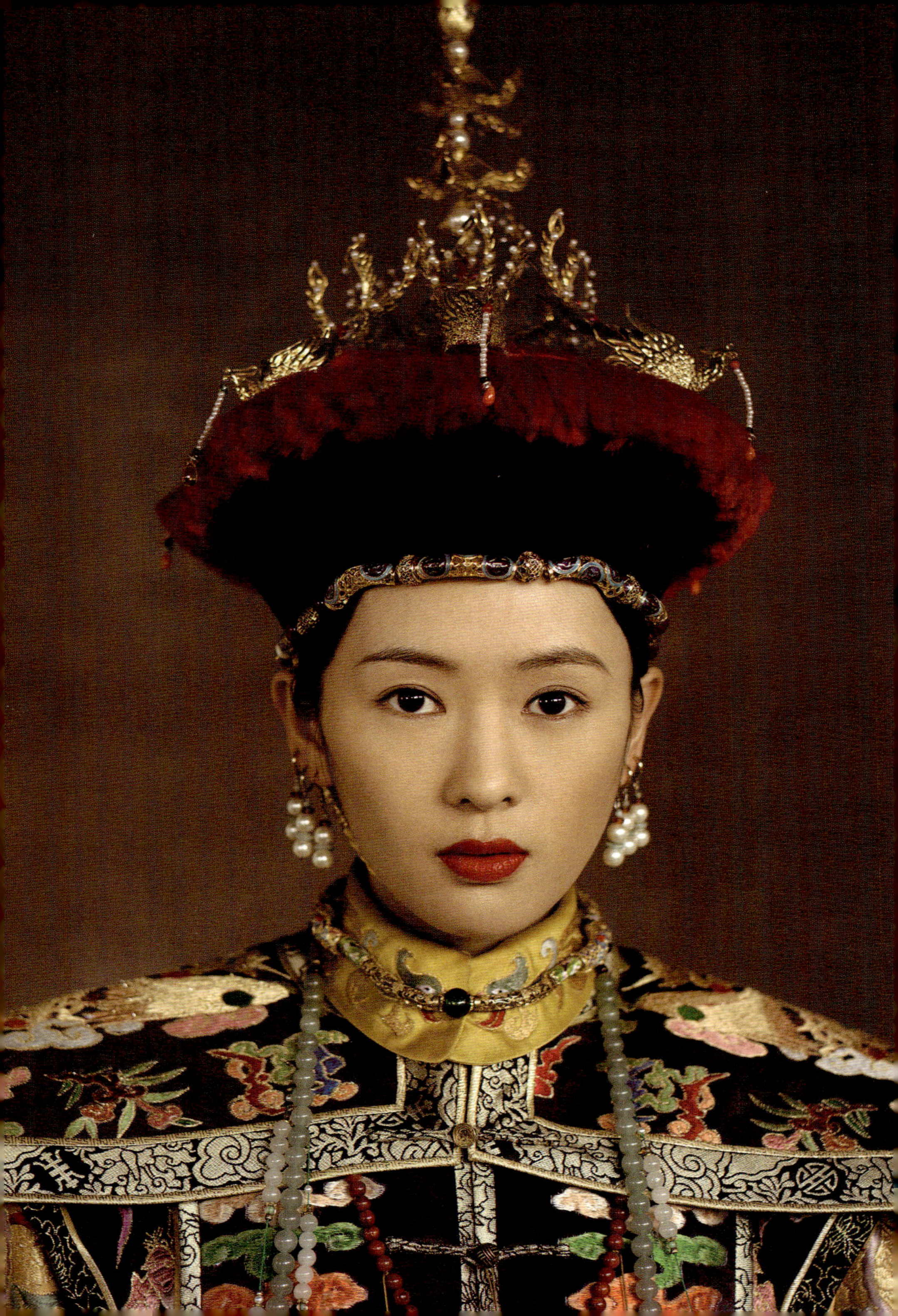

高晞月

乾隆重臣高斌之女，潜邸侧福晋，后为贵妃。

《清史稿》记载：

慧贤皇贵妃，高佳氏，大学士高斌女。事高宗潜邸，为侧室福晋。乾隆初，封贵妃。薨，谥曰慧贤皇贵妃。葬胜水峪。

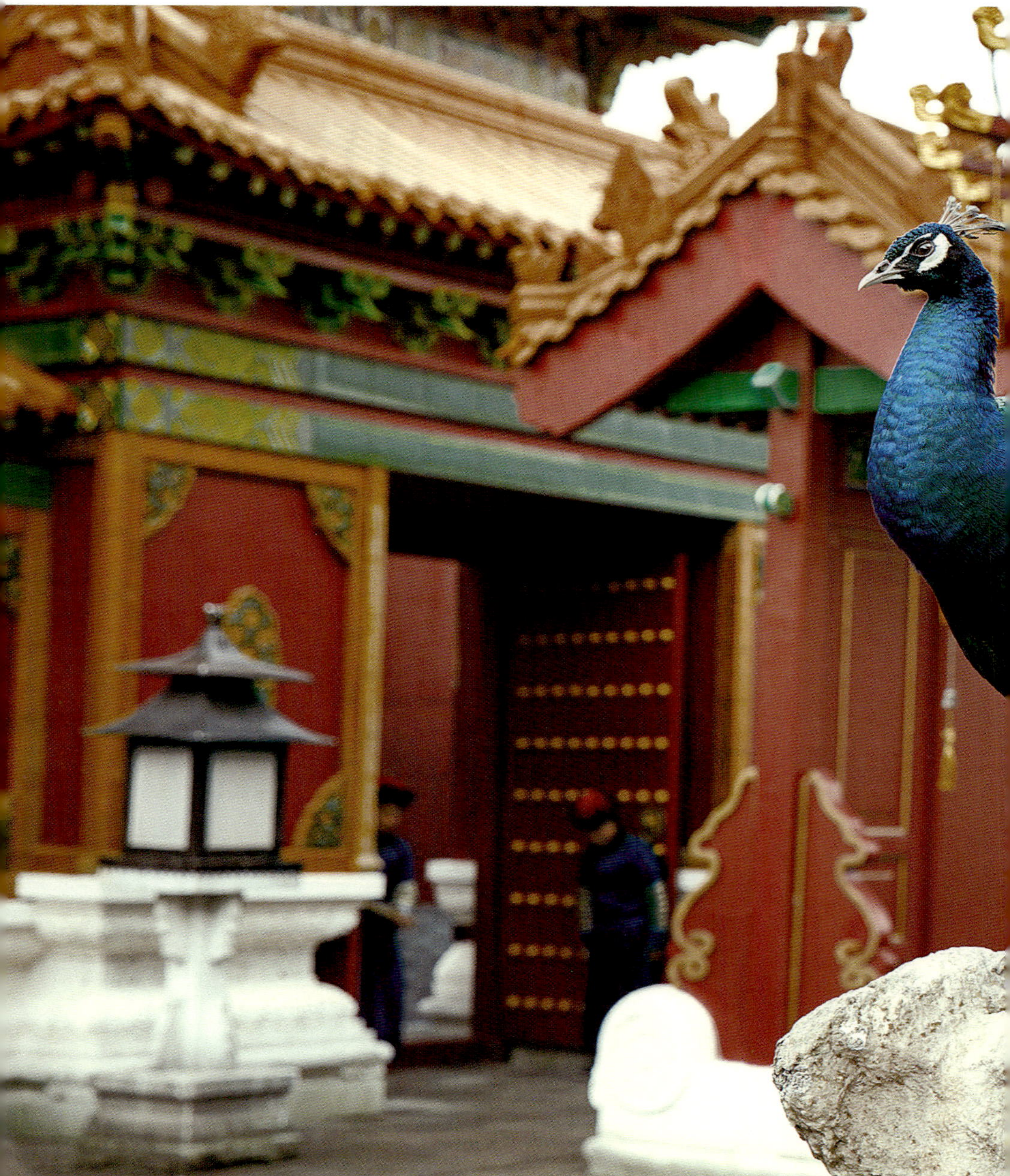

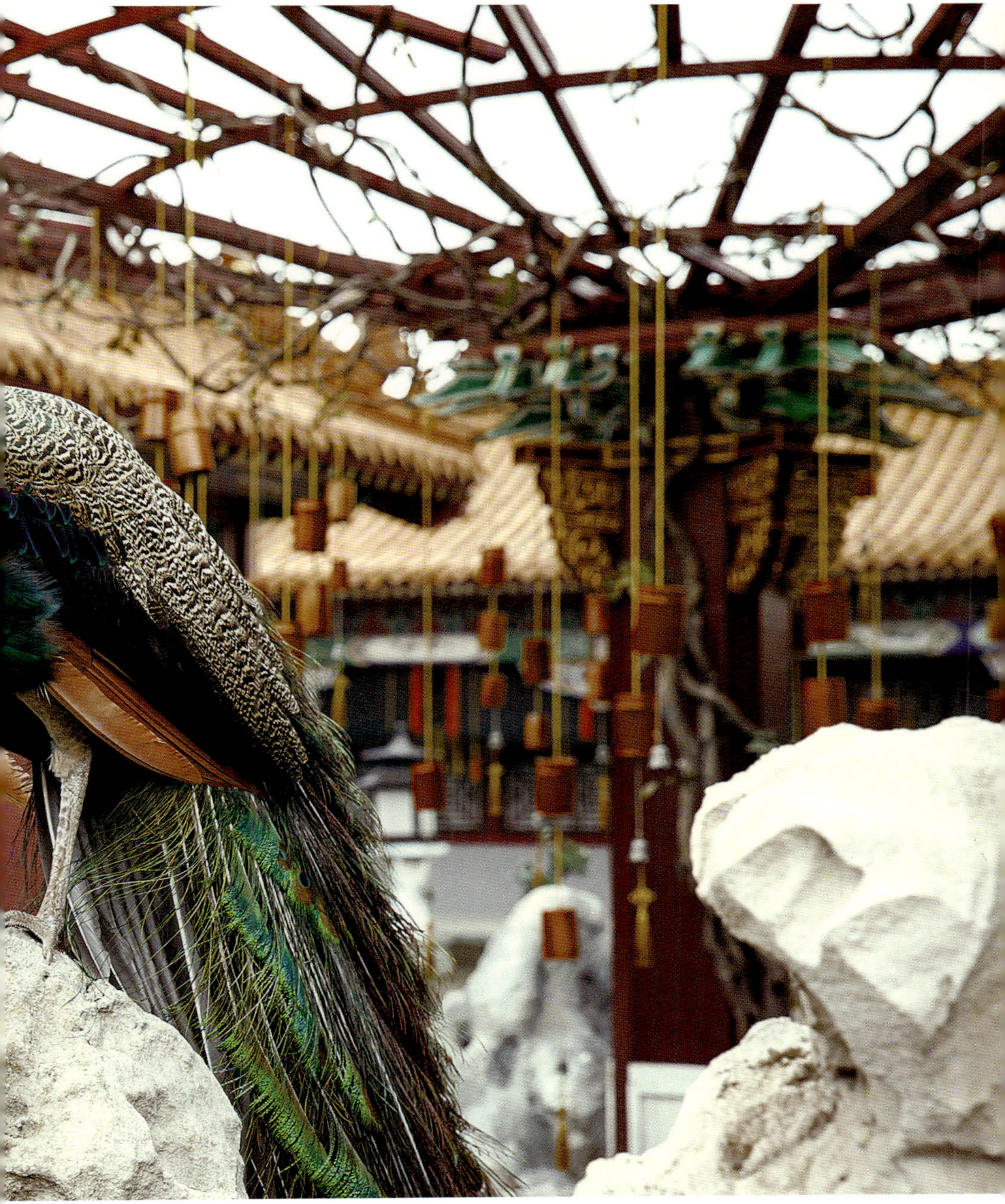

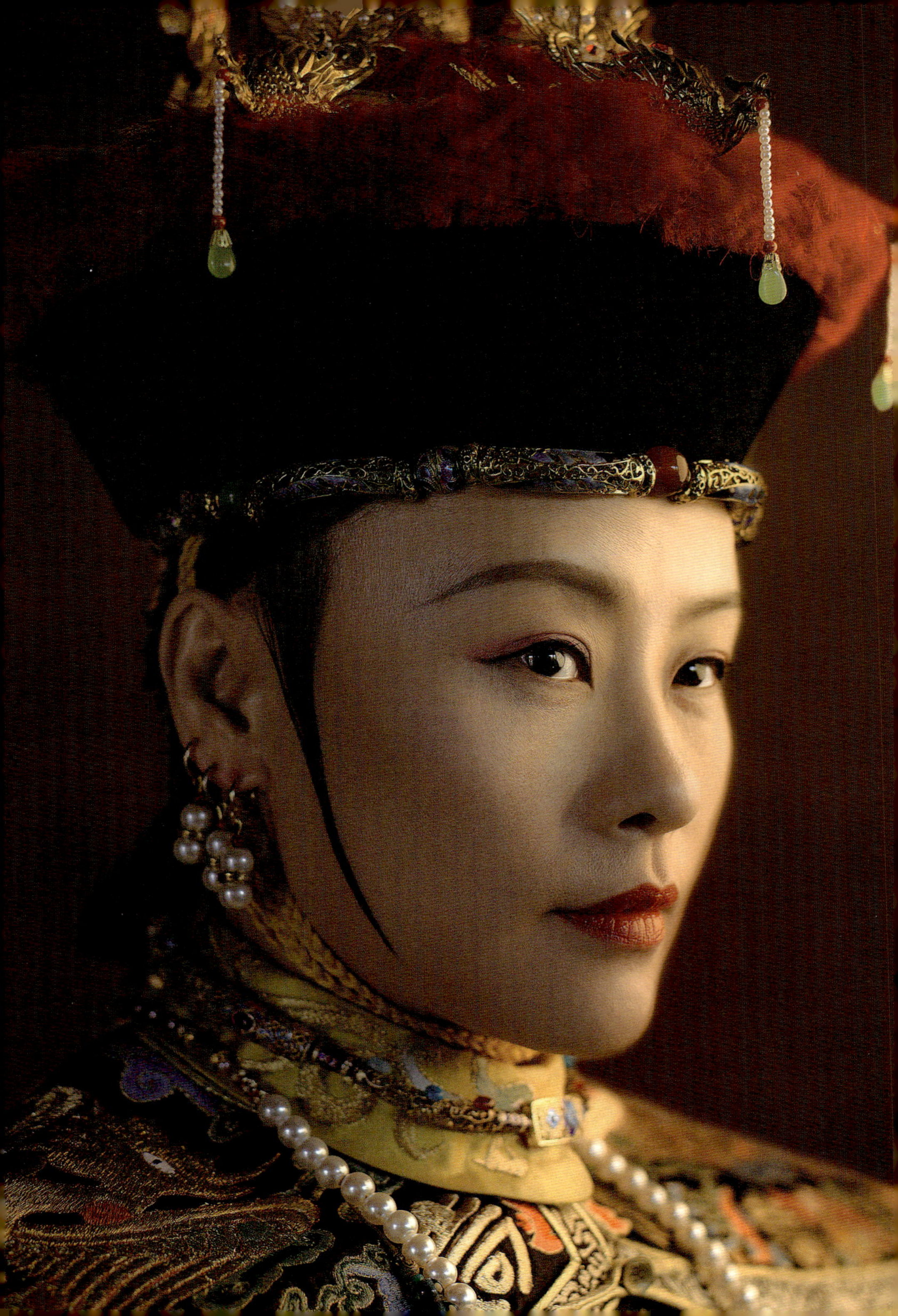

太后

雍正帝熹贵妃。弘历承继大统之后，尊为太后。

《清史稿》记载：

孝圣宪皇后，钮祜禄氏，四品典仪凌柱女。后年十三，事世宗潜邸，号格格。康熙五十年八月庚午，高宗生。雍正中，封熹妃，进熹贵妃。高宗即位，以世宗遗命，尊为皇太后，居慈宁宫。

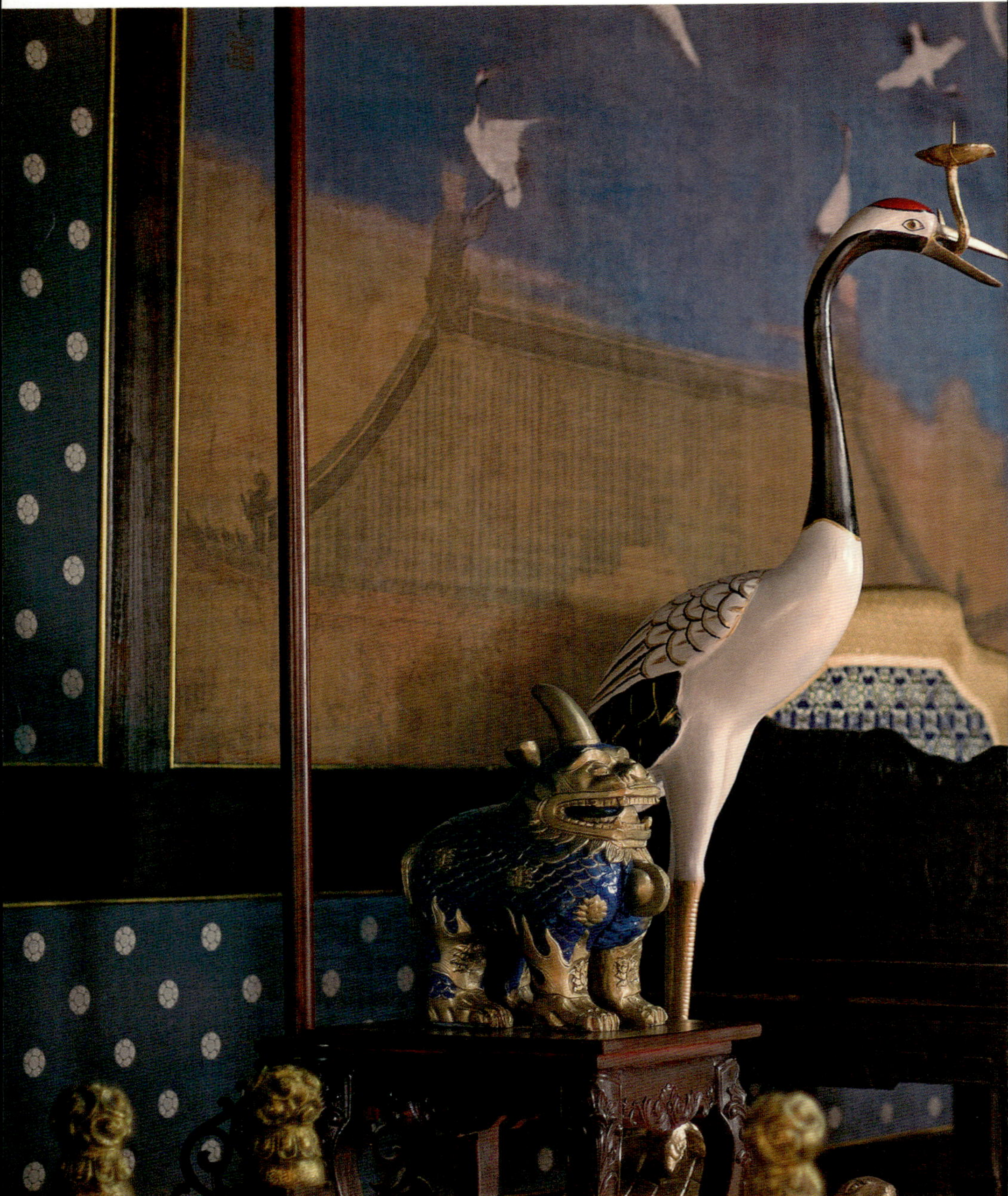

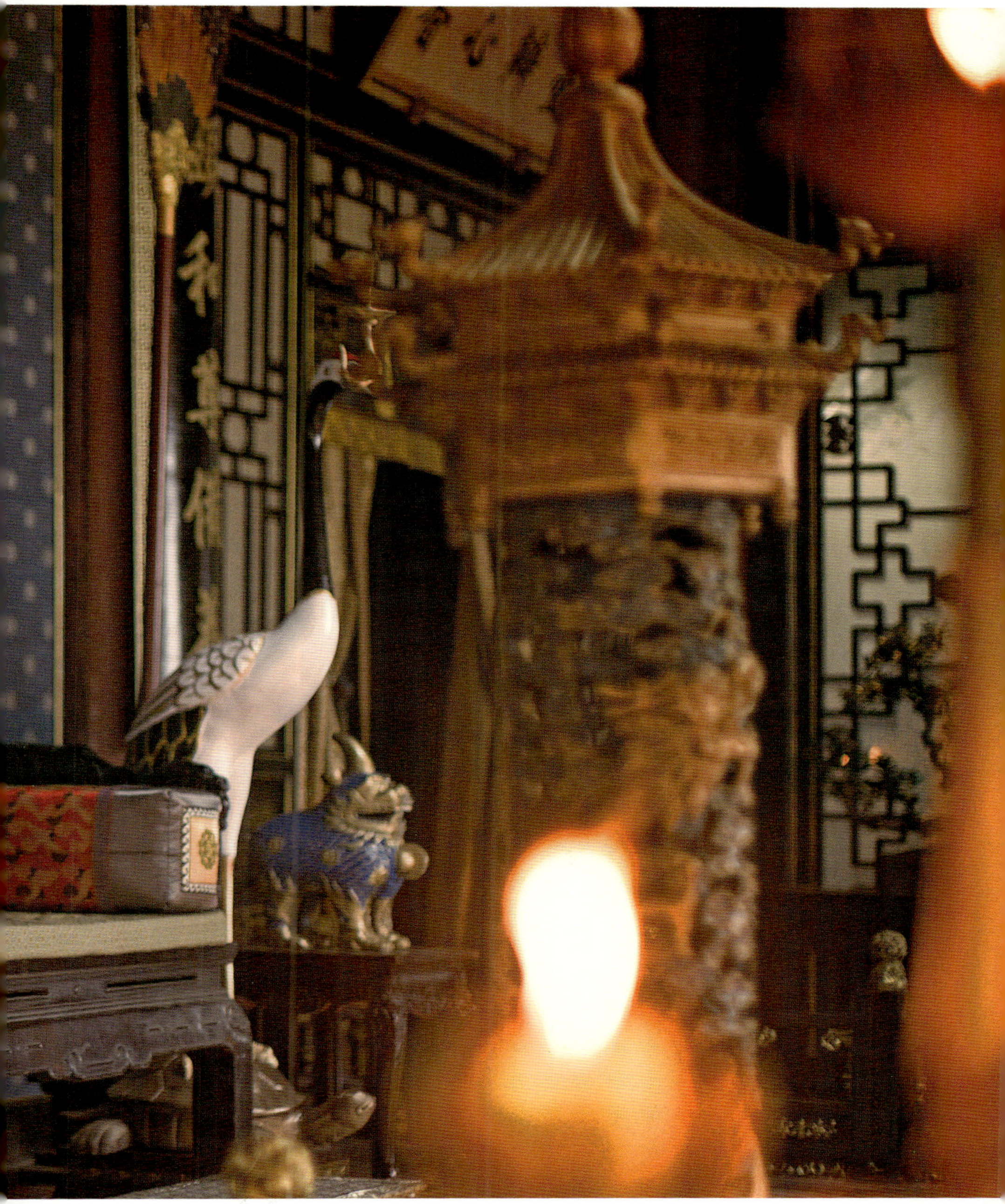

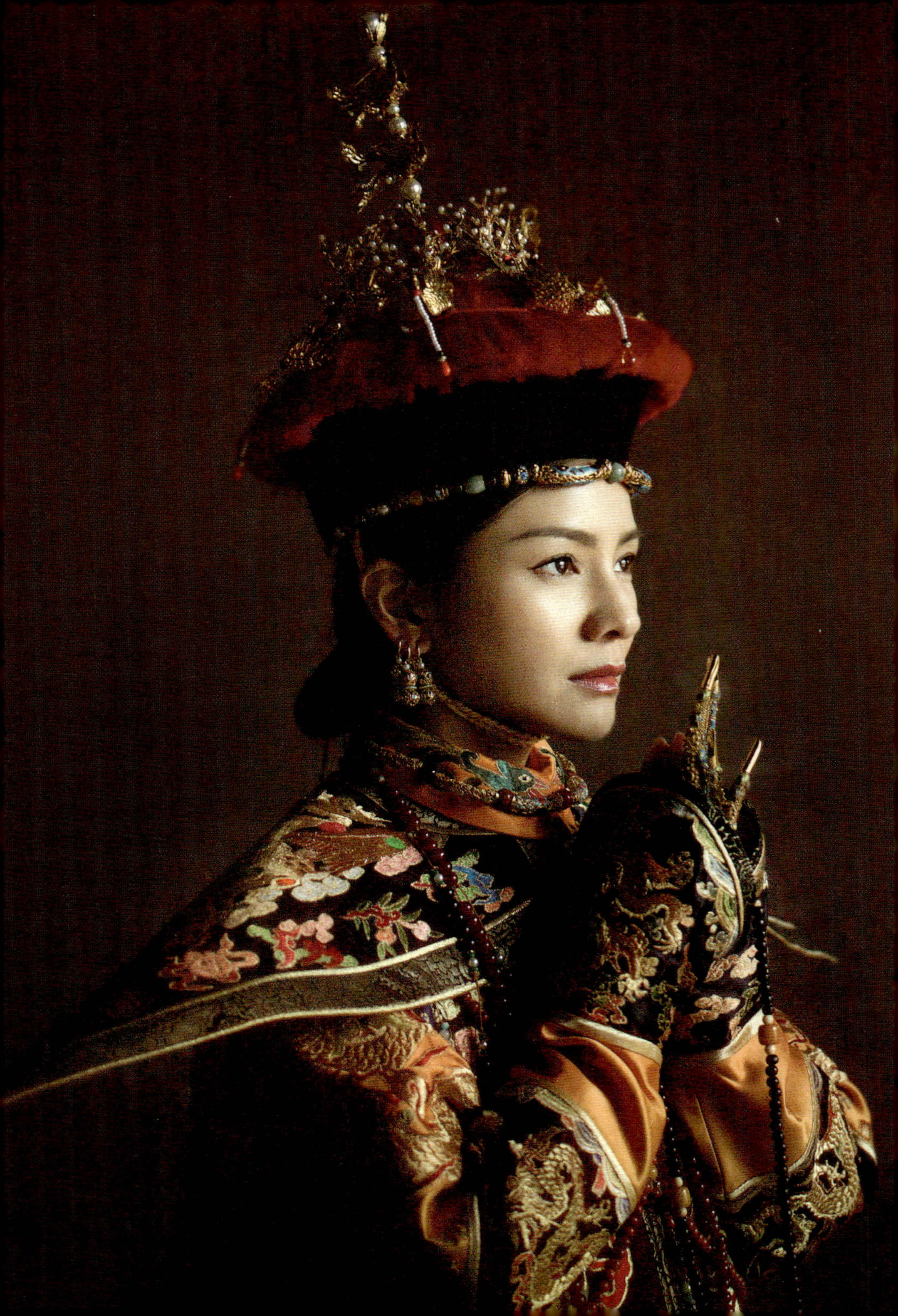

苏绿筠

潜邸格格，乾隆继位后由纯嫔累进为贵妃、皇贵妃。

《清史稿》记载：

纯惠皇贵妃，苏佳氏。事高宗潜邸。即位，封纯嫔。累进纯皇贵妃。薨，谥曰纯惠皇贵妃。葬裕陵侧。子二，永璋、永瑢。女一，下嫁福隆安。

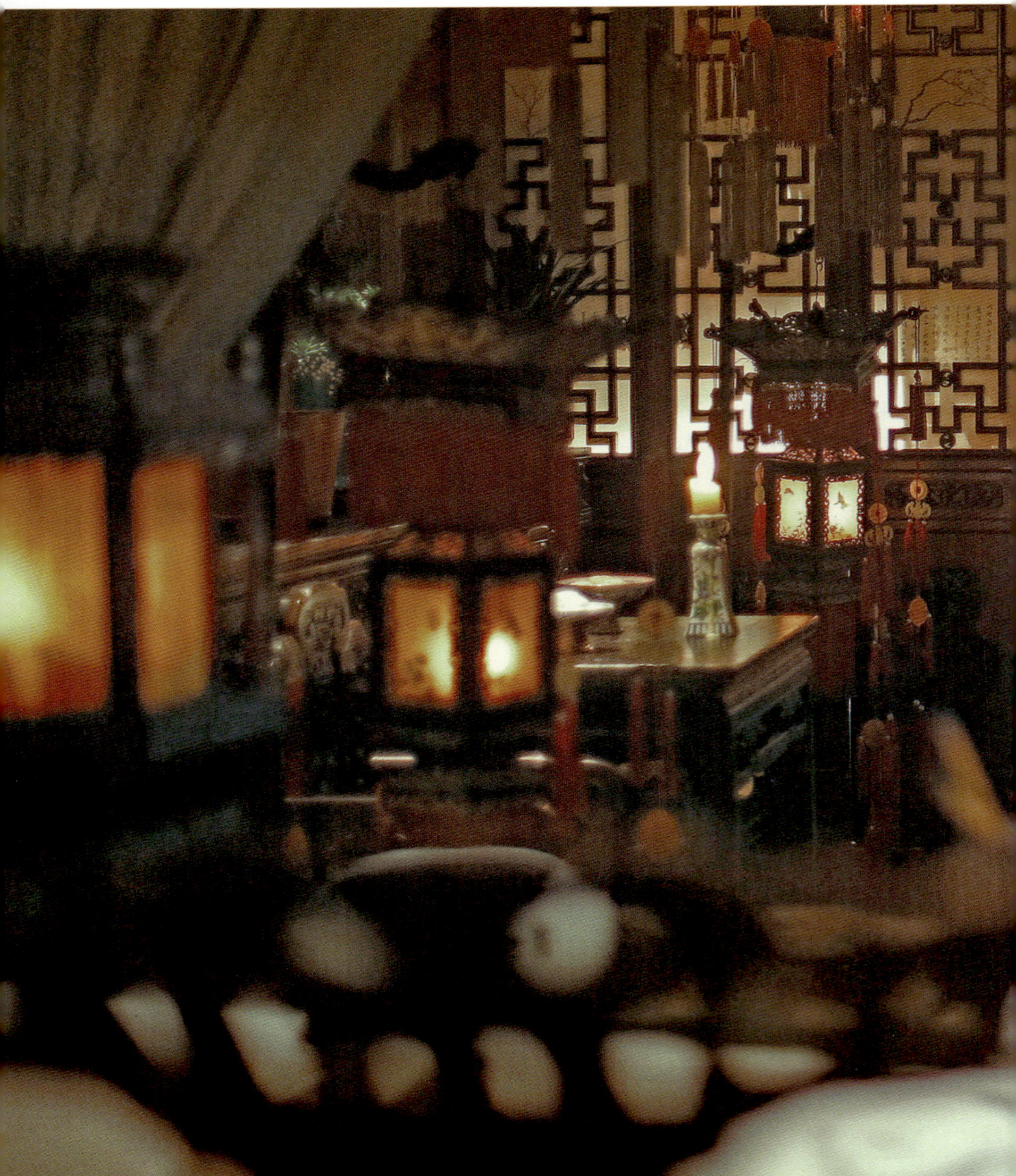

后宫·如懿传

番外